長編新伝奇小説
書下ろし
ソウルドロップ孤影録

NON NOVEL

上《か》遠《ど》野《の》浩《こう》平《へい》

コギトピノキオの遠《えん》隔《かく》思《し》考《こう》

祥伝社

CONTENTS

ILLUSTRATION／斎藤岬
COVER DESIGN／かとうみつひこ

『……おそらく我々は何世紀も前に殺されていて、ただ幽霊として現れているだけなのだろう。ずっと以前に死んでいる我々はきっと、既に一度語ったことを、おうむがえしに言うために、それだけのために戻ってきているのだろう。あらゆるすべてが経験済みであるかのように。とっくの昔にもう、死なるものも味わっていたかのように……』

――カレル・チャペック〈ロボット〉

……それはいつとも知れないときに、どこともしれぬ場所でなされている対話だった。

「結局、あなたって何者なのかしら?」

彼女の問いかけに、あの男に〝銀色〟と呼ばれている彼は、優しげなような、困惑しているような、愉快なのか苦笑なのか、なんとも不思議な微笑《ほほえ》みを浮かべながら、

「君が本当に知りたいことは、私とは関係ないんだろう? もう君は、そういう意味では〝降りて〟いる——この道からは外れているんだ。君たちがオーロードと呼んでいたルートからは、ね」

と言った。すると彼女もうなずいて、

「残念ながら、そうなってしまうんでしょうね——私には、もうあなたを追いかけるだけの気力がないわ」

「君にとって一番大切なものは、知識を得ることではなかったということだ」

「私は、何が欲しかったのかしら?」

彼女は質問するが、それもため息混じりで、どこか脱力している。

そこは薄暗い室内だった。閉められたカーテンの隙間から洩《も》れてくる光が線となって、空間を区切っているように見える。二人が話している背後のデスクの上に置かれている、つるりとした顔に鼻だけがぴょんと飛び出した木製のピノキオ人形だけが、ぺたりと座り込んでこの会話を見守っている。

「人間は、どんなものが欲しいのだと思う?」

彼に訊《き》き返されて、彼女は首を左右に振る。

「見当もつかないわ」

「そういうのは、欲しいと思わない」

「え?」

「見当もつかないものは、人は求めない。彼らが欲するものは、すべて目の前にあるものだけだ」

「そうかしら——でも」

「世界にはまず、何があると思う?」

「難しくって、わかんないわ」

　彼女の放棄に対し、彼はうなずいて、

「その通りだ。世界にあるものはまず——謎だ。人の前には第一に、理解できない世界が広がっている。そこにある謎を見つけて、それを自分のものにしたいと思う——解き明かしたいと考える。目の前にあるからだ」

「つまり……遠くにあるものは、欲しいと思えない?」

「君にとっての私が、既にそういうものであるように、ね」

「確かに……そうかもね。でも」

「あの男は違う、か?」

「そう……伊佐《いさ》さんは違うわ。彼は、きっとあなたの目の前にいる」

「彼は、私を欲しいと考えているのかな?」

　訊かれて、彼女は苦笑しながら、

「私とは違うからね、伊佐さんは——あの人は特別。彼ならきっと、私たちがオーロードと呼んでいたこの徒労の、きっとその先にも行くことができると思う——そのときは、あなたも覚悟が必要よ、きっと」

　彼女はちらり、と薄暗い室内の、壁の方を見る。

　そこには丸く円が描かれている。それは〇の字にも見える。

　その線はどす黒く霞《かす》んでいる。

　見る者が見れば、それが乾いた血痕だということがわかるだろう。

「覚悟、か——」

　ここで、この〝銀色〟はやっと曖昧《あいまい》な微笑ではない表情になった。

　突き放したような無表情になる。そして呟《つぶや》く。

「そこまで彼がもつか、それが問題だが」

Remote
Thinking of
Cogito-Pinocchio

コギトピノキオの遠隔思考

CUT 1
NAOMI
UMESAWA

どこにも居場所がないふたりが
それでも探した出会える場所で
――みなもと雫〈サンクチュアリ・ゼロ〉

1

空は穏《おだ》やかに晴れ渡っているのだが、海面は激しく波打っていて、船は上下左右に揺れ続けていた。

「――うー……」

楳沢尚美《うめさわなおみ》はこみあげてくる吐き気に耐えながら、タラップを昇って船の甲板《かんぱん》に上がっていった。

彼女が着ているナース服にも波飛沫《なみしぶき》がひっきりなしに降ってくる。甲板にはその男だけがひとり立っていた。手を壁に当てているが、それ以外は特に踏ん張っている様子もないのに、よろめきもせずにまっすぐ立っている。

「あのう――」

尚美は男に呼びかけようとしたが、波の音がうるさくて自分でも自分の声が聞こえなかった。彼女はできる限りの大声で、

「あのう――伊佐さん！」

と男に呼びかけた。振り向いた男の顔には、マラソンランナーが掛けるような眼窩《がんか》を完全に覆《おお》うサングラスが掛けられている。ファッションではない。彼は一ヶ月ほど前に負傷して、両眼共に著《いちじる》しい衰弱《しゃ》があるため、強い光に耐えられないので器具で遮断《だん》しているのである。

伊佐俊一《しゅんいち》というのが男の名前だ。彼はついこの前までは警察官として任務に就《つ》いていたが、現在は免職されて、流浪《るろう》の立場である。

「なんですか、楳沢さん。今は揺れてますから、あまり表に出ない方がいいですよ」

伊佐がそう言うと、尚美は顔をしかめて、

「それはあなたの方でしょう――眩暈《めまい》は大丈夫なんですか？　ふだんでも杖《つえ》無しじゃ歩けないくらいなのに、こんな時に出歩いちゃ――」

そう注意すると、伊佐は「ああ――」と苦笑して、

「それが逆なんです。どうも地面が揺れているとき

の方が、まともに歩けるんです。眩暈もしない。変な感じです。ずっとこの船に乗っていたいぐらいです」

と両手を離して、肩をすくめて見せた。確かに彼の身体は船の揺れに引っ張られることもなく、直立不動で堂々と立っていた。恢復《かいふく》途上の患者とは思えない。

「そ、そんな訳にはいきませんよ――あなたはこれから、施設に入院してもらうことが決まっているんですから」

「そうですか。それは残念だ――漁師に転職したいぐらいだったんだが……まあ、この眼がどうにかならないと、それも無理か」

伊佐はサングラスに手をやった。尚美はあわてて、

「ああ、取っちゃ駄目ですよ」

と制した。伊佐はうなずいて、

「わかってますよ。光が入ると頭痛がするのは、俺自身が一番よくわかっている――」

そしてかすかに顔をしかめた。その上に波飛沫がかかってくるが、彼はそれを拭《ぬぐ》おうとも避《さ》けようともしない。

その威風堂々たる物腰は、ほんとうにこの男が病人なのかどうか一瞬疑ってしまうほどだった。だが専門の医療チームが地上で彼を診察したときには、完全に平衡《へいこう》感覚の失調が確認できたから、間違いなく彼は病《やまい》に冒《おか》されている。だがそれがどんな病なのか、そこが不明なのだった。

「あなたがそんな風に眼を痛めたという強い光って、いったい何の光だったんですか？　太陽を直《じか》に、長時間見つめでもしないとそこまで悪化しないと思うんですが――」

そう訊《たず》ねてみるが、伊佐はこれには応えず、しばらく無言だったが、やがてぽつりと、

「もうひとりの〝患者〟の方はどうしているんですか？」

と逆に質問してきた。尚美は「ああ――」と困った顔になる。

「千条雅人《せんじょうまさと》さんですか？　あの方は、えーと――」

「そんなに悪いのか？」

「いや、そういう意味ではなくて。ていうか、全然元気です。そう、あなたよりもずっと。でも――寝ていてくださいっていうと、ずっと横になっているんですけど、その間、一睡もしていない、って――不眠症じゃなくて、眠ってくれ、っていうと眠るんです。身体のどこにも悪いところはないんですけど、でも――」

　彼女の言葉の途中で、伊佐はかすかに鼻を鳴らして、

「ロボット探偵、か――」

　と呟いた。

「え？　なんですって？」

「いや、なんでもない」

　伊佐は視線を再び外に向ける。


　船は激しく揺れながらも、目的の島に向かって進み続けている。


　アルバトロス――その島はそう呼ばれている。正式な名前は天翁島《てんおう》というのだが、それは地図に載っている名であり、実際にそこに関係する者は誰一人としてその名で呼ばない。

　そこにはひとつの施設があるきりで、だから島の名前でいちいち呼ぶ必要がないのだ。施設関係者たちの隠語が、そのままこの絶海の土地を表す名称となる。

　その島はかつて、アホウドリたちの楽園だった。しかしその大柄な鳥たちは、羽毛を求める人間の乱獲の前にあまりにも無力で、たちまち島から根絶されてしまった。

　今では、島にしてはやたらと平坦な大地だけが虚《むな》しく広がっている――もともと草木もほとんど生えていなかった地質なのだ。

遠目から見ても、この島は異様に真っ平らで、形は大樹を伐採した後の切り株のようだ。かつて火山活動で隆起して、噴火の際にその爆発で自らの地面を綺麗《きれい》に削《けず》り取ってしまったのではないかと言われている。今では完全な死火山で、他の諸島群からも遠く離れて、ひとつだけぽつん、と取り残されている。

その島を所有しているのはサーカム財団という組織であり、医療研究施設がそこには設置されている。特殊な治療を要する患者だけを集めて、研究と治療を同時に行う――そういうことになっている。

そして伊佐俊一も、そこで治療を受けるために移送されてきた患者の一人である。

「………」

船が島に到着し、桟橋《さんばし》に係留《けいりゅう》されると同時に、伊佐の全身から夥《おびただ》しい冷汗が流れ出した。

船の揺れがほとんどなくなると同時に、彼の身体の方がぐらぐらと振れ始めた。

「……うっ」

倒れそうになって、甲板の手すりに焦《あせ》って摑《つか》まろうとして、手を滑《すべ》らせる。したたかに顔を壁に打ちつけてしまって、サングラスが飛んだ。

「あっ！」

と尚美が手を伸ばしたときには既に遅く、サングラスは甲板を滑って海に落ちてしまった。

「ううう……」

伊佐は眼を押さえながら、よろよろと立ち上がる。しかし直立することはできず、手すりにしがみついているような状態である。

「だ、大丈夫ですか？」

尚美の問いに、伊佐は苦笑《にがわら》いしながら、

「いや、申し訳ない――すまないが、予備のサングラスを取ってきてくれませんか」

と言った。

タラップが下ろされ、乗っていた乗客たちが下船していく物音が聞こえてくる。その足音の中に、ひとつ奇妙なまでに、かっ、かっ、かっ、かっ、かっ——と一定の響きがある。まるでそういうタップダンスのように、明瞭に聞こえる。続いて、

「いえ、案内は不要です。地図は参照済みですから」

という感情のない声が遠くから聞こえてきた。伊佐はそれを聞いて、少し眉間《みけん》に皺《しわ》を寄せた。それは彼にとって、以前から知っていた声でありながら、まったく知らない声でもあった。

「ちっ——」

舌打ちする。するとその後ろから、

「悔しいのか？」

と話しかけられた。太くて低音の男の声だった。いつのまにか、誰かが背後に立っていたのだ。

「——なんだって？」

伊佐は声の方に振り向いたが、手を眼から離すことはできないので、その声の主の顔はわからない。

「おまえとあの男は、共に〝生き残り〟だろう——しかし、あっちは健康体で、おまえはそのざまだ。それが悔しいんじゃないのか」

男の声は力強く張りがあったが、わずかに老いていた。伊佐はため息をついて、

「あんたは誰だ？」

と訊くと、男の含み笑いが聞こえて、さらに、

「おまえらの仇《かたき》をとってやる。私はそのために呼ばれたのだ」

と言った。そこには尊大な響きがあった。伊佐は顔をしかめて、

「名前を訊いたつもりだったんだがな——こっちのことは知っていたみたいだから先に名乗らなかったんだが。それが無礼になっていたのなら、謝るが？」

と言うと、男はさらに笑って、

「なかなか骨がありそうなヤツだな、伊佐俊一——私は中条《なかじょう》 隆太郎《りゅうたろう》だ」

男はもったいぶって名乗った。伊佐は手の陰で眉

をひそめる。

「あの武道家の?」

「さすがに知っていたか。ふふん、そういうことだ。おまえをそんな境遇においやった犯人は、この私がひねり潰《つぶ》してやる。無論、報酬と引き替えだがな——」

そして高笑いと共に、男の気配が遠ざかっていく。しかし足音はほとんど聞こえなかった。爪先立《つまさきだ》ちで歩いているのだろう。猫足立ち、と呼ばれている独特の姿勢だ。それはいかなる状態になっても決して倒れないという臨戦態勢の構えである。

「………」

伊佐はため息をついた。今の男は決定的な誤解をしていたようだが、それを正してやる気力は今の彼にはなかった。

やがて尚美が戻ってきて、彼に眼鏡と杖を渡してくれた。伊佐はふらふらと立ち上がったが、杖を床にうまく突けずに二、三回滑らせてしまった。

2

「この〈アルバトロス〉には二種類の人間しかいない——研究する者と、される者よ。そしてあなたはされる方。だからあなたからの質問には、時には答えられないことがある。そのつもりで」

その女医は冷ややかともいえる突き放したような眼差《まなざ》しで伊佐のことを見つめてきた。灰色の室内には今、彼女と彼しかいない。

ここはまだ港の施設の中だ。港と島内を仕切るゲートに隣接した建物で、防疫検査のような目的があるらしい。伊佐はさんざん身体を調べられた後で、この女医の所に連れてこられたのだった。

「何を訊けばいいのかも、こっちはわからないよ——」

伊佐は椅子の縁《ふち》を両手で押さえながら、苦々《にがにが》しい顔をしている。その身体はぶるぶると小刻みに震えている。

「で、さっそく問診だけど――それは、何をしているの？」

「信じてもらえるかどうかわからんが、椅子から落ちないように踏ん張っているんだ」

「離したらどうなるの？」

「落ちる」

「じゃあ離してみて」

「――」

「早く離しなさい。すぐに」

彼女の命令に、伊佐は少しだけ沈黙したが、すぐに手を椅子から離した。

その途端に彼の身体は前後左右に大きく揺れて、椅子を蹴倒しつつ床面に叩きつけられた。

「ぐっ――」

思わず呻《うめ》いてしまった彼のもとに女医がやって来て、手を差し出してくる。握って、身を起こしかけたところで、女医は手を振り払ってしまう。

しかし中途半端《はんぱ》な姿勢で放り出されたのに、伊佐は転倒せずに、素早く転がっていた椅子にしがみついて、そこで静止する。

「ふむ――反射神経自体は正常で、筋繊維の萎縮《いしゅく》している様子もないのか。平衡感覚が機能不全を起こしているって感じね」

女医はひとりでうなずいている。伊佐はよろよろしながらも椅子を直して、その上に腰を戻す。両手はもちろん、しっかりと縁を摑んでいる。

「もしかして、その異常は心因性のものかも知れないわね。なにかトラウマでもあるの？」

「あんたも、俺のレポートは読んでいるんだろう？」

「ああ――とてもとても正確な記録をね。でもあれは冷静すぎて、あなた自身の印象が希薄すぎるわ。胸を撃ち抜かれたが、心臓に当たっていないことは理解していたから犯人を追うことができた、とか――そんなことはどうでもいいのよ。追跡して、その後で出会《でくわ》したことについての、率直な印象を訊ねているのよ、私は。〝あのとき〟――あなたは何を感じたのかしら?」

「印象は――」

伊佐の言葉が途切れる。奥歯を噛《か》み締める彼の脳《のう》裏《り》に蘇《よみがえ》るのは――

*

そこは海辺の別荘だった。狙《ねら》われる危険のある人間を保護するため公安が管理しているかくれ家《セーフティハウス》であった。

「あなたは、生命よりも――いいえ、生命と同じくらいに大切なものというのを持っている?」

伊佐が警備を担当していた〝彼女〟に奇妙な質問をされたのが、思えばすべての始まりだった。

「どういう意味でしょうか?」

「そうね――もしかすると、狙われているのは、あなたかも知れないと思って」

「は?」

「これを見て」

一枚の紙切れを、伊佐は彼女に差し出された。それには日付の表示があって、さらに、

〝――この場所にいる者の、生命と同等の価値のあるものを盗む〟

と書かれていた。なんのことだかさっぱりわからないので、

「これは――なんですか?」

と間抜けな声で訊いてしまう。それはごくふつうのメモ用紙にしか見えない。

「悪戯《いたずら》よ」

彼女は、どこか突き放したように言う。

「この世で最も、タチの悪い悪戯――生命を弄《もてあそ》んで、魂の一滴《ソウルドロップ》を最後まで搾《しぼ》り取ってからでないと、

研究できない――たぶん、遥《はる》か向こう側から観ているせいで、生命とそうでないものとの区別が、微妙についていないんでしょうね――だから類似するものを収集しているんだわ」

とても理解できないことを、滔々《とうとう》と歌うように優雅な口調で言われる。

「あの……？」

混乱している伊佐に、彼女は素っ気なく言う。

「それは、昨日ここの廊下に落ちていたの。私が拾って、誰にも言っていない」

「拾った……？」

伊佐の顔が、焦りで青ざめる。

「す、すると外部から誰かが侵入していたと言うんですか？」

「それが入ってくるのを止められる者は、この世のどこにもいないわ」

彼女がそう言ったところで、ノックの音が響いてきた。続いて声が聞こえる。

「姉さん、いるかい？」

既知の声だったので伊佐がドアを開けると、軽薄そうな雰囲気の若い男がそこにいた。

千条雅人という名前であることは、もう知っている。

「ああ、やっぱりいるじゃないか――邪魔だよ、早くどけ」

遠慮のない雅人は、室内に入ってくる。彼に付いている警備の者も続く。

お互い苦労するな、という目配せを伊佐に見せた。この雅人に相当こき使われているらしい。しかし――警備中の人間にしては、少し緊張が欠けているようでもあり、伊佐は違和感を覚えた。

「何の用かしら、雅人」

彼女の弟に対する口調は冷たかった。

「おいおい――そりゃないだろう。この僕がこんなところに閉じこめられているのも、姉さんのせいなんだぜ。姉さんが、あんな訳のわからない女子高生に肩入れなんかして――あれからおかしくなっちまった」

「あのお方のことを、おまえ如《ごと》きが軽々しく口にするな」

突然、彼女は険《けわ》しい眼になった。それは突き刺してくるような鋭い表情だったが、雅人はその深刻さを全然受けとめていないようで、

「あのお方、ねえ――まだそんな風に言っているのかい。あんな、最後は学校の屋上から飛び降り自殺しちまったようなノイローゼ娘なんかに――」

嫌いな食べ物が食卓に並んでいるときの子供のような顔をしている。

「…………」

冷ややかに彼女が口を閉ざしたので、室内には沈黙が落ちた。そこで伊佐が焦りながら口を挟む。

「――ちょっと待ってください。今の話……もしほんとうに侵入者がいたなら、対応しなければなりません」

「おい、何の話だ？」

横の警官も驚いた顔をした。

「いや、詳しくはわからないんだが――」

とにかく警備全員に通達しなければ、と伊佐は専用通信機のスイッチを入れて――その途端、

――じじぎじじぎざじじぎぃぃぃっ……！


と激しいノイズがイヤホンから飛び出してきた。

「うわっ――なんだこりゃ。壊れているのか？」

「どうした」

「君のを貸してくれ。俺のはなんだかおかしい」

「ああ――」

警官は腰に手を伸ばし、引き抜いた。

拳銃を。

ぴたり、と伊佐に銃口を向ける。

「え――」

虚を突かれた伊佐の心が空白になってしまったと

ころに、そいつはためらいなく、

「悪いが――つまらん報告をされると、困る」

言い終わる前に、もう発砲していた。

弾丸は伊佐の左胸に命中した。彼は反動で後方に吹っ飛ばされる。

「おい――」

雅人が声を出しかけたときには、警官は彼にも発砲している。

雅人の頭部を弾丸が直撃した。彼の身体は即座に力を失って、床に倒れ込んだ。

警官はさらに、彼女にも拳銃を向けるが、彼女は茫然《ぼうぜん》とした顔をしていた。そこには恐怖というよりも、戸惑いの方が大きいようだった。

「……なんだ、こりゃ。どういう茶番なの、これ……」

「おまえらが襲われたことにして、周囲を混乱させる――その隙を突いて、ターゲットを仕留めることにした」

警官の冷酷な宣告も、彼女はほとんど聞いていないようだった。相手を見てもいなかった。

彼女の視線の先にあるのは、さっきの紙切れだった。

「てっきり――私だと思ったのに」

彼女が不思議なことを言ったので、警官は一瞬だけ訝《いぶか》しい表情になった。

その隙を突いて、男に飛びかかる者がいた。

伊佐俊一だ。

彼は胸から出血しているものの、銃創が左に寄っていたので九死に一生を得ていた。心臓は、一般のイメージとは異なり胸部のほぼ中央に位置している。そのぎりぎりの際《きわ》に着弾していたのだ。

「ぬ……！」

警官と伊佐はもみ合いになった。また銃が発射され、それは伊佐の顔のすぐ横をかすめる。閃光《せんこう》と、焦《こ》げた火薬の破片が伊佐の眼に入ってしまった。

「――ぐっ！」

しかし怯《ひる》むことなく、伊佐はその銃を摑んでいる相手の手を強引に握りしめて引き金を引かせた。ぱぱぱん、と残弾をすべて撃たせて、武器を無効化することに成功した。

「こ、こいつ——」

警官が焦った隙を突いて、伊佐は相手を投げ飛ばした。

「——うわっ！」

警官は転倒させられたが、衝撃で伊佐の胸の傷からの出血が激しくなってしまう。

「ぐっ……」

伊佐がよろめいた隙に、警官はその場から、廊下へと逃げ出していた。

「く、くそ……待て！」

伊佐はかすむ視界の中、必死で相手を追う。

そして……警官が逃げていったその廊下の向こうから、奇妙な響きのある声が聞こえてきた。

〝実に興味深い。これが逃げ出した直後の、現在《いま》の君のキャビネッセンスか——弾丸のない拳銃〟

その声は離れたところで発せられているはずなのに、まるで伊佐の耳元で囁《ささや》かれているような鮮明さだった。続いて、ごとっ、という固い物体が床に落下する音がして、逃走中のはずの警官が、後ずさりして戻ってきた。

何かがおかしかった。

その手からは、さっき逃げ出したときに握りしめたままだったはずの弾丸切れ拳銃がなくなっていた。

ぐにゃり、と首が横に変な角度で傾いていたかと思うと、すぐにすべての関節が支えを喪失して崩れ落ちる。

死んでいた。

即死——と言っていいのかどうかもわからないほどに、唐突にその生命だったものは、ただの物体に変わってしまっていた。

「…………」

茫然としている伊佐の脳裏に、ある言葉が浮かんでいた。

『この場所にいる者の、生命と同等の価値のあるものを盗む』

（……な、なんだ……？）

廊下に落ちていたという、紙切れ。

そこに書かれていた文章が、現実のものになっていた。

足音が、廊下の角の向こうから、だんだん近づいてくるのが聞こえた。

「………」

そこで伊佐の背後から、雅人の姉の彼女がおそるおそる顔を出してきた。

「ああ――」

彼女がそう呻いたときには、その姿が廊下の角から出てくるところだった。

真正面から、伊佐の傷ついた瞳にその姿が飛び込んできた。

しかし自分が見た者を、伊佐はどうしても後から想い出すことができなかった。

――どくん、と心臓が突然高鳴って、胸にあいた傷から血が噴《ふ》き出した。その姿を見ることを本能が拒絶し、肉体が過敏に反応してしまったのかも知れない。

「……うっ……！」

伊佐の視界の中に、きらきらとした光の粒子が充満していく。たちまちそれは広がって一面の白銀色となり、世界全体が光に包まれてしまって――気絶した。

〃……伊佐さん、伊佐さん――〃

声が聞こえた。世界は真っ暗で、気絶しているのに、なぜ声が聞こえるんだ――と思っていると、さらに、

〃伊佐さん、私は――行くわ〃

その声だけが、闇の中に響いている。

〝あいつと会って、無視されて、私は自分がまだまだだって思った――いじけていたのが馬鹿みたいだわ〟

ふふっ、と苦笑する気配。

〝私は、もちろんあのお方のようにはとてもなれないけど――でも、精一杯やってみるわ。もしかすると、どこまでも頑張れれば、もしかして――私もあのお方と同じように、死神に殺されるほどの存在になれるかも知れない。世界を変えて、突破させることに、挑戦してみるわ……またいつか会うこともあるかも知れないけど、そのときは、きっと――〟

声が遠くなっていく。それは声が離れていくのではなく、自分の方が、どんどん別の方向に引っ張られていって――


……次に目が醒めたのはベッドの上だった。既に両眼には包帯が巻かれていて、何も見えない状態だった。そこで聞かされたのは、あの暗殺犯は異常がどこにもないのに死亡していたということ、千条雅人は植物状態から回復する見込みがないので、特別な処置が施されたということ、そして姉の方は――行方不明になってしまった。

ペイパーカット――。

彼が目撃したあの銀色のことを、サーカム財団は便宜上《べんぎ》そう名付けているのだ、と教えられた。そして、

「それを探求すること――それがこれからの君の人生の目的となるだろう」

と言われたのだった。

＊

「印象は……ない、としか言えないな。あまりにもぼんやりとしすぎていて――」

「ぼんやり、って言葉もレポートに書いてあったわよ。私は書いていないことを訊いているのよ。あな

たがまだ気づいていないことを、私に教えて」

「そんな無茶な――」

伊佐は苦笑したが、女医の方はまったく笑っていないのを見て、真顔《まがお》に戻す。

「……思い出すように努力してみるよ」

「それが賢明ね。あなたの入院期間の予定は現時点では無期限だから、じっくり構えてもらってもかまわないわよ」

「……無期懲役みたいだな」

「そうならないためにも、打開策を見つけてほしいものね」

「医者が患者に言う言葉じゃないな――逆だろ、ふつうは」

「あなたは患者ではなくて、研究対象よ。その辺を間違えないように」

冷ややかに言われても、伊佐は特に怒りを感じなかった。

(適当な慰めをされるよりはマシか――それにしても)

伊佐は女医のことをサングラス越しに見つめながら、

「ところで、あんたの名前をまだ訊いてないんだが――」

と言うと、彼女は肩をすくめて、

「私のことは〝ドクトル・ワイツ〟って呼んで」

と言った。伊佐が眉をひそめると、

「この施設では基本として、プライバシー保護の観点から、どんな人間であれ本名を使用することを禁じている。だから私の名前もあなたには教えられない。医者で、白衣を着ているからワイツ。ホワイトのより正しい発音。簡単で覚えやすいでしょ」

「…………」

「もちろんこの施設にいる他の者たちも同様よ。全員ニックネームで呼び合っているから、それ以上の詮索《せんさく》はしないように。あなたも何か呼び名を考えておいてね」

「俺はいい」

「そうも行かないのよ。これは決まりだから」

「じゃあ〝名無し〟でいい」

伊佐が投げやりにいうと、ドクトル・ワイツは笑った。

「いや、きっと〝黒眼鏡〟とか〝グラサン〟とか呼ばれると思うわよ。似合ってるもの、それ」

伊佐は相手の小馬鹿にしたような態度には反応せず、気になったことを訊ねる。

「俺と一緒にこの島に来た連中はどうしているんだ？　千条雅人と中条隆太郎がいたろう」

「…………」

ワイツはにやにやするだけで答えない。返事をする必要はない、ということらしい。

「――中条は、患者って感じじゃなかったが……すぐに名乗っていたから、ここでのしきたりは知らなかったようだぞ」

「…………」

やはり返事をしない。伊佐は苦笑気味に、

「中条のことは、ミスター・カラテ、とか呼べばいいのかな」

と言うと、ワイツは両手を叩いて大笑いした。

「いずれ本人と再会したときに提案してみたら？　案外、気に入ってもらえるかもね」

それからカルテを手にとって、なにやら書き込んだ。そして向き直って、

「症例の原因は今ひとつわからないけれど、とりあえず過敏な反応のようだから、神経を鎮《しず》める薬を注射しておくわ。腕を出して」

「とりあえず、か――」

細い針の注射器で薬品を静脈に打たれたが、ほとんど痛みはなく、少し痺《しび》れたような感覚だけが残った。

「はい、もういいわよ。下がって」

「この薬とやらは本当に効くのか？」

そう質問したが、何も答えてはくれなかった。

杖を突きながら部屋から出た伊佐を、看護師の楪沢尚美が出迎えてくれた。

「はい、ご苦労様です伊佐さん」

彼女がそう言ったので、伊佐は、

「あなたも、この施設では新入りですか?」

と訊き返すと、彼女は一瞬だけぽかんとしたが、すぐにハッとなって、

「あ、ああ——そうでしたそうでした。名前で呼んではいけないんでした。うっかりしてました」

「なんとお呼びすればいいんでしょうかね?」

「え、えーと——ああ、そうか」

彼女はバッグから名札を取り出した。そこにはナンバーだけが振られていて、名前の表記はない。

「私はE二〇六だそうです」

「なんとも味気ないですね」

「まあ、ナオ、とか適当に呼んでください」

二人は港湾施設のゲートをくぐって、島の中央部に通じる道に出た。患者搬送用のバントラックが待機していて、乗るように指示される。救急車、ということになるのだろうが色は白ではなく不明瞭なグリーンとイエローの中間色だった。風景に溶け込んでしまう迷彩に近く、軍用を連想させる色だった。

ベッドもあったが、伊佐はその横のシートに腰を下ろした。車が発進すると、伊佐はふう、と全身から力を抜く。

(やっぱり、移動していると眩暈が収まる——この病気が心因性だとすると、なぜ動いている方が安心するんだろうか?)

伊佐は窓の外の荒涼とした風景を見ながら考え込んでいた。

すると車を運転していた男がバックミラー越しに彼を見て、笑いながら、

「あんた、警官?」

と訊いてきた。伊佐は吐息をついて、

「患者の素性はそれぞれ秘密だとか言われたが、俺

に関してはバレバレなんだな」

と言うと、運転手は首を横に振って、

「いや、単に雰囲気で訊いただけだ。やっぱりそうなのか」

「どういう雰囲気だろうな——まともに歩けないのに」

「いや、警官っぽいんじゃなくて——なんだろうな、ハードボイルドってのか？　そんな感じだよ、あんた」

「本物の警官にそんなヤツはいないよ——それに、俺はもうクビにされている」

「ようこそ、サーカムへ——少なくとも、給料は宮仕えよりもずっといいぜ。まあ、使う機会が少ないのが玉に瑕《きず》だが」

「…………」

伊佐は馴れ馴れしい運転手に返事をしなかった。

（この島にいる連中は全員、サーカム財団の所属か——医者も患者も、そして今ではこの俺も）

彼はちら、と窓の外に眼を向けた。サングラスの翳《かげ》りを挟んで、白い建物が見えてきた。たぶん白い壁なのだろうが、褐色がかって、黒ずんで見える。それは、

（なんだか火で炙《あぶ》られて焦《こ》げているようだな……）

そう思った途端、ふいに彼の全身が炎に包まれた。

皮膚という皮膚が焼け落ちて、神経が剝《む》き出しになって、骨がびしびしと音を立てて罅《ひび》割れていって
——

（——はっ）

と我に返ったときには、すべてが元に戻っている。

両手は薄皮一枚剝《は》がれてはおらず、どこにも痛みはない。ただ、冷汗が背中に滲《にじ》んでいるだけだ。

「どうかしたんですか？」

と尚美が訊いてきたが、ついとっさに、

「いや、なんでもない」

と答えてしまう。

（なんだ今のは――幻覚、か？）

心の中だけで考えたはずのことが、見境《みさかい》なく身体感覚にまで侵食してきたような――気がつくと、奥歯をすごい力で噛み締めている。

（俺はおかしくなりつつあるのか――それとも……）

伊佐が考えに沈んでいる間にも、車は建物に接近していき、その正面の駐車スペースに停車した。

3

個室に案内された伊佐は、ここで待っていてくださいと指示された。杖を立てかけて、ベッドの上に腰を下ろす。

ひとり残されて、ぼんやりと脱力する。

（すこし……頭がぼーっとするな……）

もしかすると、あの注射された薬が効いているのかも知れない。そう言われれば眩暈がやや和らいだような気もする。ベッドから転げ落ちてしまいそうな感覚はなく、ふつうに座っていられる。

そうやって静かにしているとドアが、こここん、と妙にリズミカルにノックされた。返事をする前に、もうスライド式の扉は横に開かれていた。

「やあどうも、こんにちは。君が新入りの人ですね？」

妙に陽気な男が現れて、勝手に個室に入ってきた。少年のような顔をした細面《ほそおもて》の男だったが、伊佐はすぐにそいつが自分よりもかなり年上だろうと感じた。童顔の中にも眼元の皺が深い。そして医者や研究者でもなさそうだった。ということは――

（こいつも俺と同じ〝患者〟か――）

顔色は良く、怪我《けが》している様子もなく、姿勢もいいので健康そうにしか見えないが、そういうことになるのだろう。

「君はもう、ニックネームは決めてあるのかな。私はニッケルだ。君と同じサーカムのＶＩＰということになるね」

男の声も子供のように甲高《かんだか》い。伊佐は男の遠慮のなさにややうんざりしつつ、

「名前はない」

と投げやりに言った。それから少し眉をひそめて、

「ＶＩＰってのはなんだ？」

と訊いた。するとニッケルと名乗った男は大袈裟《おおげさ》に肩をすくめて、

「君は契約書にサインしていないのかい？　私たちはサーカム財団の中でも特別な立場にあり、身分的にも保証されているんだよ」

「サインはしたが……あんなもの本気にしているのか、あんたは？」

「おいおいおい、わかっちゃいないな、君は。私たちには権利があるんだぜ？　被《こうむ》った損害に対してサーカム財団に賠償と、協力への報酬を請求するのは当然だろう」

ニッケルはまじまじと伊佐のことを見つめてきて、にやりと笑った。

「そうだろう？　君のその大袈裟な黒眼鏡……それも〝特別損失事項〟で受けた被害なんだろう？」

「………」

伊佐はニッケルの薄っぺらい印象のある眼差しを正面から受けとめながら、

「あんたも〝ヤツ〟と遭遇したのか——ペイパーカットと」

と静かな声で言った。するとニッケルはあからさまに不快そうな顔になり、

「よくないなあ、そんな風に特別損失事項のことをヤツとか擬人化して語るのは。それはサーカムの一部の研究者の間に見られる悪癖だよ。まるであの現象が明確な〝悪者〟として存在しているみたいな、幼児的なモノの見方だよそれは」

小難しいことをあれこれ言い出したが、伊佐はこ

れにはほとんど聞く耳を持たず、

「あんたの目の前でも、誰かが死んだのか?」

と遠慮なく訊いた。

「いや、だから——」

「俺の目の前でも、人が死んでいる」

伊佐の冷静な態度に対し、ニッケルは苦い顔で、

「だからなんだ? 君が殺した訳ではないんだろう。罪悪感があるとでもいうのか?」

「罪障意識はないが、無力感はある」

その言葉に、ニッケルはため息をついて、

「そんなことでは駄目だよ。それじゃサーカムに利用されるだけだ。君は連中に借りがあると思っているのかな。そうじゃない。連中に貸しがあると思わなければいけない。それを取り返さないと——君も人生を無茶苦茶にされたんだろう?」

と諭《さと》すように言った。しかし伊佐は表情を変えず、

「あんたはずいぶんと賢いみたいだな」

と揶揄《やゆ》するように言った。

「どういう意味だ?」

眉をひそめたニッケルに伊佐は、

「あんた、俺を味方にしたいんだろう? それでそんな風なことを言っている——しかし残念だが、今の時点では俺は誰の味方にもなれない。状況がわかっていないからな。自分が何をしたらいいのか、それを一から探しているような状態なんだからな」

「……では」

ぴくぴく、とニッケルの眉がひきつり出した。

「では君は、私の味方でないというのなら、君は私の敵なのか?」

「極端だな。別にそういうことじゃない。あんたの邪魔をしたい訳ではないんだ。ただ、あんたがサーカムとどんな取引をしようが、俺はそれとは無関係だってことで……」

伊佐が相手をなだめるように言っていた、その途中だった。

「て、ててて、敵……私の味方じゃないヤツは……味方じゃないから、それは……敵――」

　突然、ニッケルがぶつぶつと呻きだして、そしてその身体が大きく仰《の》け反《ぞ》ったかと思うと、次の瞬間――その丸く開いた口から夥しい量の液体が吐き出されてきた。

　血だった。

　どこまでも真っ赤っ赤な、数リットルはあろうかという液体が、どばどばと噴出して、部屋の白い床を染め上げた。

「――っ！」

　伊佐は思わず立ち上がろうとして、そこで眩暈に襲われた。彼がベッドの上に倒れ込むのと、ニッケルが床の上に崩れ落ちたのはほとんど同時で、テーブルが弾《はじ》かれて転がり、大きな音が辺りに響きわたった。

（な、なんだ――？）

　伊佐が混乱しかけたときには、もう白衣を着た施設職員の男女がその場に駆けつけてきていた。

　彼らは血の海の上に倒れているニッケルを見ても、ほとんど驚かず、

「ああ、いつもの発作だな」

　と冷静そのものの調子で言った。ひとりが伊佐の方を見て、

「そっちは大丈夫ですか？　ショックで心臓をおかしくしていないでしょうね」

　と訊いてきた。伊佐はがくがくと安定しない身体を無理矢理に起こしながら問う。

「い――いったいどうなっている？　その彼は――息があるのか？」

　どう見ても吐血量が多すぎた。一瞬で失血死してしまうほどの量だったはずだ。だがこれに職員は笑って、

「ああ、大丈夫ですよ。血液そのものはほとんど混じっていないんです。色だけですよ。あとはこの人がいつも飲んでいて、胃をたぽたぽにしている水で

すから」

と答えた。伊佐は口をあんぐりと開けて、

「……水？」

と言うと、職員たちは皆そろってうなずいて、

「この人の症状ですよ――内臓がまともに働いていないんです。特に水分の吸収に難があって、普通よりも多く摂取する必要があるんです。ただ、この胃の痙攣《けいれん》による嘔吐《おうと》自体はそれとは関係なくて、心理的なものだろうという診断が下されていますけどね」

と軽い調子で教えてくれた。伊佐は思わず、ううむ、と唸《うな》ってしまう。

（……つまり、やっぱりこのニッケルも、ＶＩＰだなんだと偉そうな態度を取ってはいたが――間違いなく〝患者〟としてここにいる訳か）

伊佐が視力と平衡感覚をおかしくしてしまっているように、この男も謎の病に冒されてしまっているのだった。

過去にペイパーカットと出会いながらも生き延びて、そして身体に異常を起こしてしまった者たち――それが、サーカム財団によって集められているのがここ〈アルバトロス〉なのだ、と伊佐はあらためて実感した。

＊

すっかり吐瀉物《としゃぶつ》で汚れてしまったので、別の個室を用意するから待っていてくれ、と指示されて、伊佐はその間に施設の中庭に出てみることにした。

建物が丸く筒のような形になっているので、その中心はぽっかりと空白になっている。そこが中庭になっているのだが、緑もほとんどなく、味気ないがらんとしたスペースが広がっているだけだ。

杖を突きながら、その辺をふらふらと歩き出した。停まっているよりも動いている方がまだ眩暈が少ないような気がする。

「……………」

改めてさっきのことを思い返してみる。ニッケルの症状は、伊佐のそれとは全然異なっていた。おそらくは同じような現象に晒《さら》されたはずなのに——いったい何が違うというのだろう?

(俺は——)

彼の脳裏に、ひとつの言葉が蘇った。

〝あなたは生命と同じくらいに大切なものというのを持っている?〟

伊佐をこのような土地に導いた元凶のひとつ——あの彼女の言葉。しかし今でも、伊佐は別に彼女に対して恨《うら》みのような感情は持てないし、逆に守れなかったと悔やむような気持ちもさほど湧かない。彼女は死んでいない。しかし、手の届かぬどこかに行ってしまった——その実感だけが伊佐の心に突き刺さっている。

(あの人は——)

物思いに沈んで、少し外界と精神が切り離されたような状態になっていた伊佐の、その背中にぽたん、と冷たいものが触れた。上着の襟《えり》の隙間から、空から降ってきた雨滴が入り込んだのだ。

伊佐は少し上を見て、しかしサングラス越しなのでどれくらい曇っているか今ひとつ視認できないまま、下に視線を戻して、そしてそこで凍りつく。

その視線の先の、中庭のベンチに人影があった。

それは、彼がたった今まで考えていた女性だった。

あの彼女が、彼の方をじっと見つめてきている——そして唇が開いて、声が聞こえてくる。

「今よ——今ならまだ、引き返すことができる。しかしこれより先に進もうとするなら、あなたはもう、二度と立ち止まることはできなくなる」

それは恐ろしく明瞭な声で、まるで耳元で囁かれているようだった。

伊佐は彼女のところに駆け寄ろうとして、そして杖を蹴ってしまった。もんどり打って転倒する。あわてて身を起こしたときには……もうそこには、誰の姿もなかった。

「あ、あんたは——」

そう、誰もいるはずがない。この中庭に出ていたのは伊佐だけで、あとは誰もいなかったのだから——では、今見えて、聞こえて、感じたものはいったい、なんだったのか？

「………」

茫然としている伊佐の背後から、大丈夫ですかあ、という職員の声が響いてきた。それはどんよりとした空に半ば吸い込まれるように淀《よど》んで聞こえた。ぽつぽつ、と雨がはっきりとわかるほどに降り始めてきた。

4

夕食の前に、船で来島した新しい加入者たちを皆に紹介するためのミーティングを開くというので、伊佐は第一会議室というところに案内された。

緑がかった白衣を着た職員たちが並んでいる中、六人だけ青いゆったりとした、はっきりと区別のつく服を着ている。それは伊佐にあてがわれた服と同じだった。さっき倒れたニッケルも、もう回復したらしく平気な顔をして席に着いている。

つまり——自分を含めての七人がいわゆる〝ＶＩＰ〟の扱いを受けている連中ということになるのか……と伊佐は、その中に船で出会った中条隆太郎がいることに気づいた。船上の時は手で眼を覆っていて顔を見なかったので、ここで初めて雑誌で見たのと同じ人物だと確認した。

（やはり中条も〝患者〟か——本人はそのつもりが

ないみたいだったが。しかし……千条雅人がいないな。まあ、あいつの〝負傷〟はペイパーカットのような謎めいたものではなく、ふつうの銃撃によるものだから、研究そのものとは関係ないんだろうが——ならば、どうしてあいつもこの島に連れてこられたんだろうか……）

杖を突きながら部屋に入ってきた伊佐を全員が注視してきた。

伊佐はそれらの視線に反応しなかった。まだ混乱から立ち直れていなかった。自分が時折、幻覚に襲われていることを申告すべきかどうか迷っていた。

（サーカム財団は、別に慈善目的で俺を保護しているわけではない——完全には信用できない。それに……）

自分はおかしくなってしまったかも知れない、などと簡単に割り切れるものではなかった。不安と恐怖を克服できる自信などはなかった。

指定されている席があったが、伊佐はその横に立つだけで、座らない。座ると転げ落ちるかも知れない。ならば不安定なまま立っていた方がいい。左右に常に微妙にふらふら揺れているが、そこはあきらめる。

しかし彼の感覚としては直立しているつもりなのだ。揺れているのは部屋の方だと錯覚している。それに逆《さか》らおうとするとどこまでも気分が悪くなるので、錯覚だとわかっていても、あえてそれに従って動いている。

その彼に、会議の議長らしき太った外国人の男が、

「君は、それでいいんだね？」

と確認してきた。伊佐はうなずいた。男の胸元のネームプレートには〝ＬＬ〟と書かれている。

（リーダー・オブ・リーダーズ、というところか？）

外資系企業では最近の管理職はシェイプアップしているという話だったが、このＬＬは貫禄《かんろく》たっぷり

でサンタクロースのようである。北欧系の顔立ちをしている。

「えー、今回の研究の担当者はドクトル・ワイツでありますが、彼女は今、少し手が離せないというので、先にＶＩＰの皆さんの間で紹介し合っておいてくれ、ということです。しかしこれは強制ではないので、他の者に言いたくないことは言わなくてもいいです。ただ――何が言いたくないのか、そのことは明確にしておいてください、とのことです。発言は録音されて、後で解析されますので、わかりやすく語ろうと努力しなくてもいいそうです」

ＬＬはニコニコしながら言った。威厳も迫力も全然ない口調だった。

「なんでお互いのことを知る必要があるのよ。私たちは、それぞれの体験をもとにサーカムに協力すればいいんでしょう？　他のヤツのことを聞いて、変に影響を受けちゃまずいんじゃないの？」

ＶＩＰの一人である若い女が文句を言った。しかしＬＬはこれに、

「判断するのは私ではないので、抗議をするならばドクトルにしてください、マリオンさん」

と素っ気なく言うだけだった。

「あのワイツって博士はなんか信用できないわ……本質を理解できていない気がする」

どうやらマリオンという仮名を使っているらしい女は、不満げに舌打ちした。するとそこで、

「あんたのマリオンという名は、もしかしてマリオネットに由来するのかな？」

と話し出した男がいる。やはりＶＩＰの一人で、やたらと眼がぎらぎらと大きい初老の男だった。

「あんたのことを見たことがあるぞ……雑誌か何かに載《の》っていた。人形作家だろう、あんた。個展とかもやってる。知っているぞ、あんたのことは――ああ、しかしここではお互いの本名などは言ってはいけないんだったな」

かなり遠慮のない、ずけずけとしたモノの言い方

をする男のようだった。マリオンは眉をひそめて、

「そういうあんたはなんなんですか？」

と敵愾心《てきがいしん》丸出しのきつい調子で訊き返した。男はうなずいて、

「私のことは、そうだな——〝コスモス〟とでも呼んでくれ。調和という意味だ。私を示すのにふさわしい」

「ずいぶんと可愛らしい名前だけど、似合っていないわよ」

「まあまあお二人さん、最初からそんな風に刺々《とげとげ》しい雰囲気にならなくても良いじゃありませんか」

また一人、横から話に入ってきた。伊佐と同年代くらいの優男《やさおとこ》という感じの人物だった。

「皆さんはそれぞれ、大変な思いをしてきて、それでここに来ているんですから、いわば仲間じゃないですか。協力し合うのは悪くない話だと思いますよ？　ああ、僕のことは〝アダプタ〟と呼んでください。そう、皆さんの間をつなぐ接続器、という感じで」

ぺらぺらと軽薄に喋《しゃべ》る。なめらかで、明らかに話をすることに慣れているようだった。彼はニッケルの方を見て、

「ねえ、ニッケルさんもそう思うでしょう？」

と同意を求める。いきなり話を振られたニッケルは少し動揺して、

「わ、私は——いや、慎重になってもそれは個人の自由だと思うし」

と弁解するように言った。さっき伊佐を相手にしたときとは少し印象が違う。自分から話を切り出すときと、他人から言われるときでは態度が変わってしまうのだろうか。

「詳しい話をする気がないというのなら、簡単な印象でもかまわんぞ」

中条隆太郎がやや乱暴に会話に割り込んできた。

「私のことは〝ハンター〟と呼んでくれ。私は諸君らとは立場が違っていて、特別に、目標の確保を依

頼されている者だ。だから君らからも情報収集をしたいと思っている。端的に言って、君らは目標と遭遇したとき、恐怖を感じたのかどうか、まずそれを確認したい」

彼はLLよりもよっぽど偉そうに、上からの口調で全員を威圧しながら訊いてきた。

「はあ？　なに言ってんのこの人？」

マリオンが呆《あき》れた、という顔をした。

「あんただけ特別？　そんな馬鹿な——なに寝ぼけたこと言ってんのよ」

「君たちにはそれぞれ、後遺症とでもいうべき症状があるんだろう？　私にはそんなものはないから、君たちとは違う。私はハンターとして、目標を捕えるための一環としてここに来たのだ」

胸を張って、その自信には一点の揺らぎもないようだった。そしてハンターは患者の中で、まだ何も言っていない一人の男の方を見て、

「君はなんと呼べば良いんだ、君はまだ未成年か？」

と訊いた。確かにその男はほとんど髭《ひげ》のなさそうなつるんとした顔をしていて、子供のようにも見える。前髪が長く、眼も半分隠れている。その陰から、ぼーっ、とどこか焦点の合わない眼で皆を見回すようにしてから、彼はぽつりと、

「——〝シェイディ〟——」

と呟いた。それが名前らしい。

「そうか、シェイディくんか。君はどうだ？　怖かったのか？」

ハンターの遠慮のない問いに、シェイディはしばし無言で無表情だったが、やがて急に、

「……ふ、ふふっ、ふふふふふふ……」

と気味の悪い声で笑い出した。

「うふ、うふふふ、うふふふふふふ……」

肩を揺らして笑いながらも、眼はまったく笑っていない。かなり異様な光景だったが、しかし伊佐はここで、この場の誰一人としてそのことを不安に思

う人がいない、ということに気づいた。誰かが変な風に笑っていても、それもまた当然、という顔を皆がしている。

（こいつら――）

伊佐は奥歯を嚙み締めていた。自分でも根拠のよくわからない苛立《いらだ》ちが湧いてきていた。それは眩暈とあいまって、頭のくらくらする落ち着かない感覚だった。

「ふむ――まあ、ショックは大きかった、というところか」

ハンターがそう言って、そして伊佐の方を見る。にやりと笑う。

「君は他の連中とは違うようだな。事態を素直に受け入れているらしい」

「…………」

「だが残念ながら、その〝常識人〟なところが、君がサンプルとしては一番役に立たないというところかも知れないな」

「…………」

「なによあんた、このヒーロー気取りの馬鹿と前からの知り合いなの？」

マリオンが不快そうにそう言ってきたが、伊佐はこれに首を横に振って、

「いや、違う」

と投げやりに言った。するとマリオンは眉をひそめて、

「ふーん――確かに、なんかあんたって、他の奴らと違うかもね。実にそう……ふつう、って感じ。あんたの名前は？」

「名前はない」

「なら、あんたはこれから〝ノーマル〟よ。この中で一番ふつうだから。だってもう、見るからに〝患者〟だしね。この中で一番それっぽいし、眼が悪いのも一目瞭然《いちもくりょうぜん》――まさかグラサンとは呼ばれたくないでしょう？」

「好きにしてくれ」

伊佐は半ばうんざりしながら、適当に返事した。

しかしその間にも、ひとつのことに気づいている。

（このマリオンって女――ずけずけと言っているようで、しかし話している間、一度も俺の顔をまっすぐに見ようとしなかった。視線がちらちらと色々なところに散っていた。人と眼を合わせるのを嫌っているのか、恐れているのか――）

それが何を意味するのかはわからないが、しかし見た目ほどまともではないことだけは確かなようだった。

伊佐は息を少し吸ってから、ふうう、と長めに吐いて、

「ところで――ここではっきりさせておきたいんだが」

と皆に向かって強めの声で切り出した。

「俺たちが関わってしまっていることは、果たして悪いことなのか？　善良なものに敵対しようとしているのか――あんたたちはどんな風に感じているんだ？」

この問いに皆はぽかん、とした顔になる。それを伊佐は予想していたので、別に戸惑うこともなく、さらに続ける。

「他の人たちのことはわからないが――俺がペイパーカットに遭遇したとき、そこで死亡したのは殺人犯が一人だけだった。後に行方不明者も出たが――個人的にはその人物は失踪《しっそう》しただけで死んでいないと思っている。つまり……ペイパーカット現象と呼ばれているものは、必ずしも邪悪なものではないのかも知れない。それに敵対しようというのは、もしかしたら正しいことではないのでは、と――そんな風にも思うんだが、どうだろうか」

彼が喋り終わると、室内はしん、と静まり返っていた。

こいつは何を言っているんだろう、という顔を全員がしていたが、伊佐はまったくたじろぐことはな

かった。

そう――本気で、ずっと悩んでいる。

自分はペイパーカットに巻き込まれて被害を受けてしまったが、これがやむを得ない副作用であるのならば、その運命を甘んじて受けとめようとも考えているのだった。

5

「あの――伊佐さん、ああいうのって、あんまり良くないと思うんですけど」

棋沢尚美が心配そうに忠告してきた。

「ああいうのって?」

「いや、この島にいる人たちって全員、サーカム財団に所属していて、ペイパーカット現象を調査している人たちな訳で、それを正しくないとか言ったら、やっぱり」

「別に調べるな、って言った訳じゃない。あまりにも他の連中が熱くなってたから、少し冷静になった方がいいと思っただけだ」

「私は、ここに患者さんたちのお世話をするために来たので、難しいことはわからないんですけど――でも、皆さんと仲良くやって損なことはないと思いますよ」

「向こうはそうは思っていないみたいですがね――」

伊佐は苦笑した。そして、

「棋沢さんはどうなんですか、自分が謎を解き明かして、サーカム財団で出世したいと考えていますか?」

と訊いたら、尚美は一瞬ポカンとした顔になって、それからくすくすと笑い出した。

「いやいや、そんなの無理ですから。そういうのは伊佐さんがやってください」

「俺にできますかね」

「ええ、きっとできると思いますよ。まあ、その前に病気を治さないといけませんけどね」

「そいつも怪しいが――」

「駄目ですよ、そんな弱気じゃ」

二人は喋りながら廊下を歩いていく。

「しかし、なんで俺が皆の中で最初にドクトル・ワイツと面会することになったんだ？　四時間くらい前に注射されたばっかりだぞ、俺は」

「私は呼んでくるように言われただけですから――やっぱり文句を言ったからじゃないですか」

「だから、文句じゃないって」

伊佐は杖を突く音を響かせながら彼女の後をついていく。

ドクトル・ワイツの研究室というのは、ランクの高い職員が所持している身分証がなければ開けられないセキュリティ・ドアで仕切られていた。伊佐だけが来ても入れない。尚美がカードをかざすと、ぶーんという音がどこからともなく響いてきて、かちり、とロックが解ける音がした。自動ドアではなく、ノブを摑んで開けなければならないし、ノブを離すとすぐに閉まってしまう仕組みだ。

尚美が開けている間に、伊佐が杖を突きながら横を通り抜けていく。

尚美が手を離すと、かなりの速度で扉は閉じた。

部屋はいくつかのスペースに仕切られていて、診察室のようなベッドの置いてある所に案内されたが、

「先生、いませんね――」

と尚美が不思議そうに辺りを見回す。しかし周囲に人がいる気配はない。

「呼びつけておいて、放置か？　それともこうやって待たせることも実験のひとつなのか」

伊佐はさして不快そうでもなく、投げやりに言った。

「ちょっとここで待っていてください、捜してきますから」

尚美は伊佐にベッドに横になっているように指示

してから、研究室の奥へと入っていった。

伊佐は吐息をついて、白い天井を眺めた。ぐるぐる回っているように見える。

「ふう——」

そういえばさっきまで、尚美は自分のことを伊佐さんと呼び続けていたが、もう彼のことはノーマルと呼ばなければならなかったのではなかろうか。彼は面倒なので、そんな規則に素直に従う気にもなれなかったが、彼女はうっかりしていたのだろうか。

彼女がここに来た来歴などは無論知らないが、好待遇でサーカムに引き抜かれてのものだったのか、それとも何か問題があって、余所《よそ》にいられなくなって、それで島流しのようなこんな仕事に就いたのだろうか——そんなことをぼんやりと考えている内に、だんだん眩暈がひどくなってきた。

ぐるぐる回っている——気が遠くなっていく。睡魔に襲われてきて、それに逆らおうという気力も湧いてこない。いつのまにか寝入ってしまう。そして夢を見る。

夢の中で、伊佐は真っ暗な海をひたすらに泳いでいる。

水はとても抵抗が強く、泳いでも泳いでも全然進めない。

息をぜいぜい切らしている。呼吸もままならない。そのうち海水を飲んでしまって、異様に喉が乾いてくる。

水のまっただ中にいるのに、耐え難い乾きに苛《さいな》まれながら、藻《も》掻《が》く手足から力が抜けてくる。

そして沈んでしまう。

足を摑まれて、引きずり込まれていく。何が摑んでいるのか、当然のように闇の奥はまったく見えない。

必死で足《あ》掻《が》いて、なんとか水面から顔を出す。出した途端に、そこにあった空気が一斉に爆発した。

どおおん、という凄《すさ》まじい轟音《ごうおん》と衝撃が、彼の耳をじんじんと痺れさせて――

――そして目が醒めた。

おおおん……という反響音がまだ室内に残っていた。爆音は、実際に轟《とどろ》いていたのだ。それで起こされたのだった。

「な、なんの音――」

身を起こしかけたところで、今度は、ぱんぱん、という少し軽い音が聞こえてきた。ふつうの人間ならそれほど驚かない音だったろうが、警官だった伊佐はその音の意味がわかっていた。

(銃声――!)

飛び起きようとして、身体が言うことを聞かないことを思い出す前にもうベッドから転げ落ちていた。それでも杖をひっ摑んで、銃声がした方に急いで向かう。

研究室の中から響いてきたのは間違いない。フロアをいくつか抜けていく。その途中の部屋には無数の骨格標本が並んでいるスペースがあったが、その不気味さに怯んでいる暇はない。

異臭がどんどん濃くなっていく。火薬が焼け焦げた後の臭いだ。

そして――とうとう最深部に到達して、そこで、

「……うっ――」

と停まってしまう。間に合わなかったことが一目瞭然だった。

そこには死体がふたつ転がっていた。

ドクトル・ワイツと楳沢尚美だ。

生死を確認する必要はなさそうだった。

尚美は胸に二発、首にも一発銃撃を受けていて、そして呼吸もしている様子がなかった。右手には医療用メスを持っていた。

ワイツには首筋から胸部を通って腹部にまで達する傷があった。ばっくりと裂けていて、斬られたというよりも交通事故で高速で走行していた車に引き裂かれたときに受けるような巨大な損傷の仕方だっ

た。その手には拳銃が握られていて、発砲した後であることを示す硝煙が銃口から立ちのぼっていた。

両者とも、心臓が直に破壊されていなければこんな状態にはならない。完全に、即死だ。

「………」

伊佐が茫然としている間にも、建物中にけたたましく耳障《みみざわ》りな警報音が喧《やかま》しく鳴り響き始めた。続いてすぐに、がたがたん、という激しい物音が廊下の方から聞こえてくる。

「………」

伊佐は混乱していて、どう行動すべきかまったくわからなかったので、その場から動かずにじっとしていた。

(…………ん?)

妙なものに気づく。二つの死体が転がっているところからは少し離れた壁に、血痕がぽつん、と付着している。

それは丸くなっていて、中心がなく、ちょうど〝O〟の字の形をしていた。

(なんだ――?)

飛び散ったにしては妙な位置であり、そして形状だった。それに色も、ずいぶんと乾燥してしまっているようで……まるで誰かがそこに描いたような感じで――と伊佐が考えていたところで、ドアが開いて、外から研究室内に人々が殺到してきた。

他の職員たちと服装的にまったく区別がつかないが、どうやら警備員らしい屈強な男女数名が真っ先に飛び込んできて、立ちすくんでいる伊佐の身体を後ろから乱暴に摑んで、凶行現場から離しつつ床に引き倒した。伊佐は逆らえず、そのままずるるるっ、と引きずられるに任《まか》せる。

警備員たちも即座に死体が手遅れであることを察して、すぐには接近しない。後ろからやって来た他の職員たちにも近寄らないようにと指示する。

「これは一体、何があったんだろうね？」

全員の疑問をＬＬが代表して口にした。

「見たところ相討ちになったようだが——この二人の間になにか問題はあったのかい？」

「いや、この島にずっと勤務していたドクトルと、派遣されてきたばかりのＥ二〇六は、今日が初対面だったはずですが……」

「ふうむ——実に不可解だねえ」

職員たちが話している後ろからニッケルが不安そうに、

「おい、現場の保存の必要があるのか？　その握ったままの拳銃が、死後硬直か何かで暴発したら大変だぞ」

と言いながら、他人の後ろに隠れ続けている。その横ではマリオンが、

「どうすんのよこれ。警察とか呼べるのここ？」

と眉をひそめながら言う。これに隣にいる職員が、

「まあ、その辺の始末は簡単に付けられるように手は回してありますが。どうしましょうかね。なにしろ原因がわからないですからね」

と他人事《ひとごと》のように言った。その動揺のなさに、床に引き倒されたままの伊佐は、

（こ、こいつら——なんでこんなに冷静なんだ？）

と言葉にならない違和感を覚えた。少し身じろぎしたら、彼を押さえつけていた警備員はその手を離そうとした……そのときだった。

「いや、その人物の拘束《こうそく》を解くべきではない」

という硬質な声が響きわたった。それはざわついている中でも完全に全員の耳に届くように、周波数を調整された発声だった。

皆がその声の方を見る。伊佐も見る。そこに立っているのは、一人の男性だった。背がひょろりと高く、鼻筋の通った端整な顔立ちをしている。しかしその男の印象を決定付けているのはその美貌ではなく——欠落だった。

完全なる、無表情。

その男からはいかなる気持ちも読み取れなかった。仮面でいようという演技もなく、感情を押し殺そうという強張《こわば》りもなく、他人に心を開くまいとする拒絶もなかった。ただ、そこにはどんな人間でも必ず持っているはずの何かがなかった。

「えーと……君は誰だ?」

誰かが訊いた。しかしこれに男は答えない。代わりに言う。

「その人物は、確認できる限りにおいて侵入する手段のない密室状況で起こった事態で、唯一あらゆる制約を受けない立場にあった。状況証拠から判断するに、そのような人物を事態の推移が判明する前に解放するべきではない」

すらすらと、まったく淀みのない口調で、淡々と言う。

「いや、だからおまえは誰なんだ?」

ハンターが怒りも露《あら》わに問いただしたが、これにもまったく返答する様子もなく、

「その二つの死体の損傷には不自然な点が、単純な観察だけで百二十七箇所発見できる。直接的な殺傷に至った拳銃の握り方にも、発射した際の反動を受けた形跡がほとんどない。後から握らされた可能性は七十二パーセント存在する」

と、まるで再生テープを回しているかのように言葉を続けていく。

ここでLLが、少し困ったように、

「あー、少し黙っていてくれないかな、千条くん」

と言うと、男はぴたり、と口を閉ざした。

それまでの饒舌《じょうぜつ》が嘘のように、まったく声を発さなくなる。

皆が啞然とした表情でLLの方を見ると、彼はその恰幅《かっぷく》の良い肩をすくめて、

「彼は、今回の件とは関係なく、調整のためにこの島へやって来た〝被験者〟だ――ドクトル・ワイツが担当するはずだったので、どうやら彼女について

の状況整理を、自動的に始めてしまったようだ——まあ一応、私もランク的には彼に命令できるはずだから、言うことを聞いてくれたらしい」

と言ってから、困ったような顔のまま苦笑して、

「だから、私の管轄でもないんだ、彼は。詳しい説明は勘弁してくれ」

「で——結局こいつは何が言いたいんだ?」

ハンターの問いに、LLはうなずいて、

「あー、千条くん。君が今まで何を説明しようとしていたのか、端的に——そうだな、二百字以内で述べてくれないかな」

と、まるで試験問題を読み上げる教師のようなことを言った。すると、

「室内にいたこの人物が、この殺人事件の第一の容疑者である、ということです」

と即答した。そして組み伏せられたままの伊佐のことを、この欠落した男——千条雅人はなんの感情もない眼で見下ろしながら、

「彼がこの二人を殺した確率は現時点で六十三パーセントあります」

と言った。

CUT 2.
MASATO SENJYO

あなたが希望を語れば語るほど
わたしの不安が胸に積み重なり
——みなもと雫〈サンクチュアリ・ゼロ〉

1

以前に伊佐が千条雅人と会ったときの彼は、あんな風な異様な人物ではなかった。むしろ俗物的でさえあった。

「邪魔だよ、早くどけ」

以前に聞いた彼の言葉の、その軽薄な癖に、どこか他人を威圧するような声色《こわいろ》をいまでもはっきりと覚えている。

彼と彼の姉——どういう素性の人物だったのかは未だに知らないが、しかし特別な才能があったのは、失踪してしまった姉の方であって、弟は単に、その姉の威光を笠に着て好き勝手をやるのが当然だと思っていただけの、穀潰《ごくつぶ》しだったような……そんな気がしている。


伊佐の目の前で頭部に銃弾の直撃を受けて、とても助かるまいと思っていたが、それでも彼は奇跡的に生き延びたのだという——。

「今、生かされているのは肉体だけだ。開発中の新技術が投入されているんだよ。演算処理チップを埋めて〈ロボット探偵〉を作っているのさ、うちの学者たちがな——」

伊佐にそれを教えてくれた者は、笑いながらそう言っていた。なんのことだと思っていたが——正にそれを実感した。

(ロボット探偵、か……)

かつての千条雅人の面影《おもかげ》などどこにもない。思考がすべて機械に取って代わられているかのような、あの態度——

新技術。

その結晶があれなのだとしたら、それに疑われてしまった伊佐は、ほんとうに犯人にされてしまうかも知れない。

（実際――どう考えても、あの場にいたヤツが一番怪しいんだしな。俺が捜査しろと言われても、俺のことを疑うだろう……）

伊佐は現在〈アルバトロス〉施設の、かなりの奥の方のブロックに幽閉《ゆうへい》されている。もともと病室に入れられるはずだったのだから、待遇自体はまったく変化がない。監視カメラが確認できるが、おそらく以前の病室にも設置はされていただろう。ただ出入り口がロックされていて、外に自由に出られなくなっただけだ。

（どうする……）

と考えて、そこで伊佐ははっ、とした。

なんで、どうするのかと考えているのだろう？

今の彼は他人からの指示を待つだけの、完全なる受け身の立場のはずだ。

それなのに、何故――どうする、などと思い悩んでいるのか？

（俺は――）

どうにかしたい、と考えているのか。

ベッドの上に横たわって、天井を睨《にら》みつけていると、少し離れたところから、ぶーん、という機械音が響いてきた。前にも聞いたことがあるものだった。

（ドアのロックが解ける音か――）

ベッドから身を起こして、扉の方を見る。しかしそこには誰も姿を見せない。

「――」

伊佐はドアを見つめるだけで、動かない。しばらくそのままだったが、やがて扉がゆっくりと開いた。

開いても、誰も入ってこない。ただドアが開いているだけだ。

伊佐はため息をついて、

「俺はもう、ドアが開きっ放しには絶対にならないようにできてることを知ってる——誘いを掛けても無駄だ」

と言うと、扉の陰からすーっ、と横にスライドしてくるようにして現れた。

千条雅人だった。

「………」

入ってくると、背後でドアが閉じる。千条は七秒に一度ずつ、均等なペースで瞬《まばた》きする眼で伊佐のことをまっすぐに見つめてきた。

おそらく一分以上は、ずっとそうやって見つめ合い続けた。

そして千条は突然に、

「あなたが犯人か?」

と訊いてきた。これに伊佐が返事をしないでいると、さらに、

「そのサングラスは、他人に瞳孔の反応を見せないための偽装とも考えられる」

と言った。伊佐はやはり返事をしない。それでも千条はまったくかまわず、

「不明点は現時点では七十四あるが、その中でも特に問題となるのは、あなたの態度だ」

と言葉を続ける。伊佐が反応しないでいると、千条は、

「この質問はあなたの対応によってはしない予定だったんだが、あなたは以前の千条雅人のことを知っているのではないか?」

と訊いてきた。ここでやっと伊佐は、

「知っていると言うほどには、知らない」

と答えた。すると千条は、

「それはどういう意味だろうか」

と訊き返してきた。伊佐は仏頂面《ぶっちょうづら》のまま、

「ほんとうにロボットなんだな……だが探偵としちゃ素人《しろうと》もいいトコだ」

と呟いた。

「ロボット探偵、というコードネームを知っているということは、関係者だろうか。しかし記憶の中に

あなたの存在は微量しかないのだが」

「おまえが知っている俺というのはなんだ?」

「殺人事件の容疑者だ」

「確率は六十数パーセント、か」

「いや、その確率は現時点では五十三パーセントにまで低下している」

千条は平然とそう言ったので、思わず伊佐は顔をしかめて、

「……なんだって?」

と問い返してしまった。千条はうなずいて、

「あなたを容疑者として拘束すべきだと僕が提案した時点で、抵抗する素振りがまったく見られずにそのまま連行されたことで、真犯人である可能性が低下しているんだ」

「…………」

と馬鹿正直に教えてくれる。伊佐は、
しばらく表情を強張らせていたが、やがて、ぶっ、と噴き出してしまった。くっくっくっ、と笑ってしまう。

「なんだそりゃ——思ったよりもずいぶんと判断が柔軟じゃないか?」

「思考は常にフレキシブルであることを求められていて、そのように設計されているんだ」

「じゃあ、ちなみに訊いてみてもいいか——千条雅人自身が犯人である可能性というのはどれくらいあるんだ?」

この無礼な問いに、千条はまったく動じる様子もなく、

「二パーセントほど存在している」

と即答した。これに伊佐は、すぐに笑みを消して、

「それは、皆がそう思うだろうということか? それとも自分でも自分の過去の行動を記憶できていない可能性がある、ということか?」

と問いかけた。これに千条は、

「——」

と初めて言葉に詰まるように、即答しなかった。

伊佐はニヤリとして、

「プログラムで返答を禁じられている領域に立ち入った質問だったかな？　なら悪かったよ。答えなくていいよ。別にそこまで知りたい訳じゃない」

と言った。

「――」

千条はそんな伊佐を数秒、観察するように見つめ続けて、やがて、

「あなたは特殊だな」

と言った。伊佐は顔をしかめて、

「おまえに言われたくないな――しかし、どう特殊なのか、教えてくれ」

と訊くと、千条は冷静に、

「もしかすると、あなたが殺人を犯しているとしても、サーカム財団と何らかの取引ができるかも知れない。その意思はあるか」

と奇妙なことを言いだした。伊佐の顔が険しくなる。

「そいつは――どういう意味だ」

「充分に理解できる言葉で話したはずだが。つまり、あなたが殺人罪で受けるはずの懲罰を取引で無効として――」

千条が言っている途中で、伊佐は立ち上がっていた。

「ふざけるな！」

怒鳴ったときには、当然、眩暈でバランスを崩して、床に倒れ込んでいる。しかし伊佐はそれでもかまわず、さらに怒鳴った。

「貴様らは何様のつもりなんだ！　目的のためなら何をしてもいいと思っているのか？　そんなことは許さない！　絶対にだ！」

「――」

千条はそんな伊佐を無表情で見おろしていたが、

「立ち上がるのに手を貸した方がいいか」

と訊いてきた。伊佐は返事をせずに、自力でベッ

ドの縁にしがみついて、ふらふらと身を起こした。

そして千条を睨みつけて、

「おまえに怒っているんじゃないぞ、千条雅人——おまえをそんな風にした連中に対して、俺は怒っているんだからな。どうせ記録しているんだろう？　だから言っておく——」

大きく息を吸って、そして絞り出すように言う。

「俺も、実のところ疑っている——あの二人が死んだのは、殺し合いではないのではないか、と。もし、あれが第三者による殺人事件なのだとしたら——まだ犠牲者が出るのではないか、と。その警戒が絶対に必要だ。わかったな！」

「しかし、第三者による殺人という見解が確定することは、あなたの容疑が深まることでもあるんだが、それには気づいているのか」

「知ったことか！」

伊佐はまた怒鳴って、そしてベッドの上の枕を摑んで、

「話はもう充分だろう——出て行け！」

と千条に投げつけた。千条は無表情のまま腕を振って、枕を弾き返して、ベッドの上に戻してしまう。機械的な正確さだった。

「あなたの指示そのものは無意味だが、しかしデータそのものは整理が必要なほど収集できたので、この尋問をいったん打ち切るという提案に反対する理由はない」

と言い、そしてくるりときびすを返して、すたすたと歩いていく。扉を開けて、そして外に出たところで、振り返って、

「やはり、背後から襲いかかろうとした形跡はないね」

と改めて言って、そして扉を閉めた。

伊佐はぜいぜい、と息を荒くしている。興奮しすぎていた。自分でも何をそんなに怒っているのか、よくわからない。

「くそっ——くそっ、くそくそくそくそくそっ、く

そったれ――！」

えんえんと毒づいてしまう。なんだか無闇《むやみ》に高ぶっていて、なかなか収まらない。

そして――怒りながら、心の片隅ではっきり気づいていた。

（おかしい――いくらなんでも、無駄に興奮しすぎだ……）

確かに自分はそんなに落ち着いた性格ではないが、それにしてもこの精神状態は異常だった。気持ちよりもむしろ、胸の動悸《どうき》の方が先で、身体がそれにつられているような感じの興奮だった。全力疾走した後のような倦怠感《けんたいかん》があるのに、こみあげる怒りもあるというのは、どうにも不自然だった。

「あの、注射――」

あらためて思い出す。この島に来たときにドクトル・ワイツから射たれたあの薬品――あれはなんだったのか。

（そうだ――考えてみれば、幻覚を見始めたのも、あの注射をされた後のことじゃないか……）

あれからずっと、頭の一部がぼーっとしている感覚がある。

「あれは、いったいなんだったんだ――」

彼がベッドにへたりこんで、ぐったりとうなだれているところで、ふいに、

「あれがなんだったのか、もうあなたはそれを確かめることはできないわよね？」

という声が聞こえた。顔を上げると、そこには女性が立っていた。

首筋から胸にかけて、ばっくりと割れた大きな傷が生々《なまなま》しく開いている。顔は化粧が崩れて、眼の周りが真っ黒になっている。

ドクトル・ワイツだった。

2

「だってもう、私は死んじゃってるんですもの。訊

くことはできないわ。だからあなたは、今の異常な状態が正気を失いつつある自分のせいなのか、投与された薬品による症状なのか、それを確かめることはできない」

その死体は生前の彼女と変わらないニヤニヤ笑いを浮かべている。

「………」

伊佐は彼女をぼんやりと見つめ返す。

周囲には焦げたような異臭が漂《ただよ》っていた。それはあのときの研究室に充満していた臭いだった。

続いて背後から、

「でも、伊佐さんなら、きっとこんな中途半端な状態からでも生き延びるんですよね？　前にペイパーカットと遭遇したときにも、一人だけ生き残ったように」

という声も聞こえてきた。ゆっくりと振り向くと、そこには身体にあいた弾痕から煙を噴《ふ》き出している楪沢尚美が立っている。やはり、にこにこと微笑んでいる口元からは吐血の汚れがこびりついたままだ。

「………」

伊佐は特に恐怖にかられた表情も見せず、ただぐったりと脱力している。

「私たち、このままだと殺し合いをしたってことで決着を付けられてしまうんです」

「それはかなり無念なことだわ」

「だから、伊佐さんが私たちの死の真相を解き明かしてくれないと、私たち、死んでも死にきれないんです」

二人の女は、並んで伊佐の前に立つ。しかしこの恐ろしい状況でも、伊佐は表情を変えない。

「……区別できん」

ぼそりと呟いた。血塗《ちまみ》れの女たちが笑っているのを前に、伊佐はどこまでも疲れた顔をしている。

「何と何が区別できないのかしら」

「あんたたちが、ほんとうに怨霊であって、俺に祟《たた》りに来たのか、それとも俺の中にある無意識が生み出している幻覚なのか、その判断ができない——だが今のところ、幻覚である可能性が高い、か……」

そう言って、可能性がどうのって、まるで千条雅人の言い草だな、と苦笑した。すると女たちはケラケラと陽気に笑って、

「どうして幻覚だと思うの？」

「俺が知っているようなことしか、あんたたちが言わないからだ——怨霊ならばきっと、まず本当のことを生者に告げようとするんじゃないのか。だがあんたたちはそこまで親切じゃないから……幻覚なんだろうと、思う」

伊佐の投げやりともいえる言い方に、女たちはまた笑った。

「じゃあ、伊佐さんはどうやったらこの幻覚は消えると思う？」

「事件を解決しろ、か——いや、きっとそいつは、俺がしたいだけなんだな」

「できるのかしら？」

「できると思うんですか、伊佐さん」

「知らん——」

伊佐はうなだれて、素っ気なく言った。するとその途端、鼻を突いていた異臭が一瞬で、ぱっ、と消えてしまった。

顔を上げると、もう二人の女の姿はどこにもない。

室内には前から漂っていた消毒液の臭いがしているばかりで、血腥《ちなまぐさ》さはどこにも感じられない。

「…………」

伊佐が憮然《ぶぜん》としているとまた、ぶーん、という機械音が聞こえてきた。

しかし今度は、別に焦《じ》らされることはなかった。すぐに扉が開いて、そして姿を現したのは恰幅の良いＬＬの巨体と、そして数名の職員たちだった。

「気分はどうかね、ノーマルくん」

ＬＬにそう言われて、伊佐は不快さを隠さず、

「殺人事件の容疑者相手にも、まだその綽名《あだな》ごっこを続けるのか？」

と言った。するとＬＬは困った顔をして、

「君には今ひとつわかってもらえていないようだが、この仮称を徹底するというのは、かなり重大なことなんだよ。ここ〈アルバトロス〉ではね」

と諭すように言う。

「何が重大なんだ？」

「名前というのは人間を規定するものだからね。ここではそれを外界のものと変える必要があるんだ。ここが何について研究しているところなのか、君だって知っていて来ているんだろう？」

「ペイパーカット、か」

「もちろん私は単なる管理者だから、詳しいことを知っているわけではないがね」

「その管理者様が、俺を直々に尋問か？」

「いや、そうではない――というよりも、そもそも私は君を殺人犯などとは思っていないよ。君は不可解な現象に巻き込まれただけだ。そう、以前と同じように」

あの女たちと同じようなことを言う。伊佐はますます苦い顔になった。

「――ペイパーカットというのは、いったいなんなんだ？」

「それをこちらに訊いてもしょうがない。むしろ、我々の方が君に訊きたいんだから。あれを直に目撃した人間はとても少ないんだからね」

「なんでそんな、訳のわからないものをサーカム財団は、こんなにもムキになって追究し続けているんだ――」

「君は興味がないのかね？」

「できれば、二度と近寄りたくないね」

「君を病気にした元凶だろう？　治りたくないのか？　それとも誰かが治療法を見つけてくれるのを待っていたいのかな」

「そういうんじゃない――」

伊佐はそれ以上は言わなかった。自分でもどう説明していいのかわからない。

〝今よ――今ならまだ、引き返すことができる。しかしこれより先に進もうとするなら、あなたはもう、二度と立ち止まることはできなくなる〟

あの幻覚に言われた言葉が脳裏に蘇る。それがどういう意味なのか、未だにわからないが、しかしこの言葉が心に突き刺さっているのだけは確かだった。

（ほんとうに幻覚なのか……）

無意識で考えたことだけで、そこまでのインパクトを自身に受けることなどあるのだろうか？

すべてが不透明であり、なにもかも不安定だった。

「君の慎重さは措《お》いておくとして、他の者たちは必ずしもそうとは考えていないのが現在、問題になっている」

ＬＬがそう言ったので、伊佐は、む、と緊張した。ＬＬはさらに、

「ペイパーカット現象は誰にも解き明かせていない謎だ――そして、人間にとって多大な影響がある。端的に言うと、人を殺せる」

「――――」

「人を殺せるもので、かつ正体がわからないものというのは、別の呼び方をするならば、絶対的な優位性を持つ〝攻撃〟ということになる。この意味が、君ならわかるはずだ」

「――――」

「そう、ペイパーカットがどんなものであれ、それを手にした者は〝超兵器〟を手にするのと同じことになる。これは世界を支配することも可能な〝権力〟だ」

「――――」

「凄まじい価値だ。資産換算することも難しいほどだ。それを知る者は当然、手に入れたいと考える。どんなことをしても、と思う」

「――――」

「まだ調査が進んでいないので、確定していないいんだが――E二〇六こと楪沢尚美という女は、どうやら我々サーカム財団ではない、別の組織から送り込まれた存在だったらしい」

「………………」

「何者かが我々の研究成果を盗もうとしているようだ。それで、正体を見破ったドクトル・ワイツが楪沢尚美を撃ったが、反撃されて、両者は相討ちになったのだろう――と私は現時点では判断している。これはとても由々《ゆゆ》しき事態だ。そうは思わないかね」

「――――」

「君は楪沢尚美と一緒の船で来たんだったね。彼女から何か訊かれなかったか？」

問われて、伊佐は首を横に振った。

「そもそも、訊かれて答えられるようなことを知らない」

「彼女はどんな様子だったかな。疑わしいところはなかったか？」

「疑う気がこっちに皆無だったから、全然思い当たらない」

と言ったが、しかし実のところ伊佐は、

（彼女は、こんなに得体の知れない島に派遣されるというのに、そのことに対する不安や警戒心がほとんどなさそうだったな――）

と考えていた。しかしそれをＬＬに言うつもりはなかった。

「あんたの前に千条雅人がここに来たが――あいつはあんたのそういう方針に従っているのか？」

そう質問してみる。するとＬＬは苦笑して、

「いやいや、あれは制御外だ。そもそもあれは財団本体じゃなくて、機構からの委託なんだ。私にも底

が知れないよ」

「機構？　なんの機構だ？」

「君がそれを知らないということは、きっとまだ知るべきではないんだろうね――だから私も言わないよ」

「なんだか俺は、あんたに良いように弄ばれているようだな」

伊佐がため息をつくと、ＬＬは、

「ならばもう少し、弄《いじ》られてみる気はないか？」

と言ってきた。伊佐が眉をひそめると、ＬＬはにこにこしながら、

「君は本物だ。君の症状が、ＶＩＰの七人の中でも最も深刻で、重症だ。そんな君だからこそ、確かめて欲しいことがあるのだ」

「――嫌な予感がするな。俺はもう警官じゃないんだが」

「そうそう、それだよ。その勘の良さをぜひとも生かして欲しいんだ。どうだろう――他の六人のＶＩＰを見極めてくれないか？」

「……連中の中にも、潜《もぐ》り込んでいるスパイがいるってのか？」

「疑わしい者がいても、我々にはその識別ができないんだよ。専門家だったドクトル・ワイツがいなくなってしまった以上、我々には頼りにできる者がいない――君以外は」

「俺が、なんで頼りになるんだ……俺は二度も役に立てなかった男だぞ？」

「その度に生き残ったじゃないか。その強運はとても貴重だとは思わないか？」

「俺に、本当に任せる気があるのならば、今すぐに警察に任せることを提案するがな」

「ああ……」

ＬＬは余裕たっぷりの笑みを浮かべて、そして言う。

「君は、たとえ警察が出てきたとしても、ペイパーカット現象などというものを、彼らが素直に受け入

れてくれると思うかね？」

「………」

伊佐には反論する言葉が見つからなかった。自分が警官であっただけに、ますます何も言い返すことができなかった。

3

外は大雨が降り、強風が吹き荒れていた。伊佐は施設の廊下を杖を突いて歩きながら、窓の外で荒れ狂っている嵐を横目に、ゆっくりと進んでいく。

こんなに天候が悪くては、しばらくはこの島には誰も近づけないだろう。ヘリコプターでも危険だ。たとえ警察を呼べたとしても、到着するのは数日後になってしまうだろう。

（確かに、自分でどうにかしなくてはならない訳か……）

伊佐はふらつきながら歩いていく。雷が鳴って、一瞬サングラス越しにさえ強い光が入ってきて、激しい眩暈を誘発する。

「うっ……」

よろめいて、壁に手をついてしまう。ぜいぜい、と喉が音を立てて呼吸している。

彼の胸元には、施設職員に与えられるＩＤカードがぶら下がっている。ＬＬによって特別に支給されたものだ。これでかなりの行動の自由が保証されたことになる。

しかし、と言ってどこから手を着けていいのか、まったく見当もつかない。

（どうするか……）

これが警察時代だったら話は簡単だった。現場を詳細に調べて、関係者を聴取し、証拠を固めていって、容疑者を絞り込んで確保、という筋がはっきりとしている。

しかしこれには、そんな道筋はない。だいたい仮に、ほんとうにＬＬが言うように、施設内にスパイが潜り込んでいるとして、そいつを伊佐が見つけたとして、何ができるのか。それに非人道的というのならばサーカムとそいつらと、どっちもどっちなのではないだろうか。

（しかし、俺には選択権はない……）

目の前にある問題を、とにかく片づけなければどこにも進めない。そう――逃げることもできないのだった。

「うう――」

伊佐は身を壁から起こして、ふたたび歩き出そうとする。

するとそこで、背後からいきなり肩を摑まれて、乱暴にくるりと振り向かせられた。

「どういうことなのかな、これは」

と機械的に訊いてきたのは、もちろん千条雅人だった。

「ああ――あんたを捜していたんだ、千条さん」

伊佐の言葉を相手は無視して、さらに問う。

「あなたが自力で脱走したという事態はほとんど考えられないし、そのカードを所持しているというのもあり得ない話だ。あなたは今、何をしている？」

「だから、あんたがいるって教わった場所に向かっていたんだ。なのに後ろから来られたのは意外だったが――あれか、もしかしてトイレか。あんたも肉体はふつうの人間と同じだもんな？」

伊佐がふざけた口調でそう言っても、千条は無論にこりともしないし、怒りを露わにもしない。ただ無表情のまま、

「あなたをそのような立場に配することのできる人物は現在、この島にはＬＬ氏がいるだけだが、つまりはあなたは先刻の僕の提案を拒絶したのに、ＬＬ氏との取引には応じた、という理解でいいのだろうか？」

と言った。ぎりり、と肩を摑んでいる手はとても強く、たとえ伊佐が健康体であったとしても振りほどくことなどできそうもない。

「いや、かなり違う――ＬＬとは取引はしていない。ただ命令されただけだ」

「どういうことだろうか」

「俺の容疑は晴れてはいない。あんたが言ったように、だ」

「それなのに自由に出歩いている？」

「自由でもない。俺には義務があり、それから逃れることはできない」

「なんの義務があなたに課せられているというのか？」

「今回の件の、真相を明らかにすることだ。そしてそれには協力者がいる」

伊佐はサングラス越しに、千条雅人の冷たい顔をまっすぐに見つめている。

「あんたの力を貸してくれないか、千条雅人？」

この伊佐の言葉に、千条は少し頭を傾けた。同じように斜めになっている伊佐と、視線を平行にしたのだった。そして肩を摑んでいた手の、その人差し指が首筋に伸びてきて、ぐりぐりとまさぐる。静脈を触られて、鼓動を感知されている。

そして、サングラスを通して伊佐の瞳孔を奥底まで覗《のぞ》き込んできた。

数秒、そうやって観察を続ける。伊佐はされるがまま、完全に身を預けている。

やがて、千条は口を開く。

「――あなたの身体反応上で、あらゆる面から、虚偽を述べている傾向は見られないが、しかしあなたの身体が健康ではないという点を加味しなければ、その判断を下すことは無理だ」

「なら、保留にしておけばいいだろう」

「そうなると、どういうことになるとあなたは考えているのか」

「事件は解決しなければならない。だが俺のことは信用ならない――ならば話は簡単だ。あんたがずっと見張っていればいいんだ」

伊佐は静かに言った。千条の身体が、一瞬硬直した。

……驚いた、のかも知れない。

「自分から監視されたいと提案するのか？」

「俺がこれからあれこれ調べるときに、あんたも一緒に調べることは無駄じゃなかろう。あんたはきっと、投入されているっていう新技術とやらのおかげで、とても優秀なんだろうからな。俺が見逃してしまうことも発見できるかも知れない。だが逆に、あんたがあまりにも機械的で、確率でしか捉《とら》えられないことを、俺はそのささいなことを気にして、細かいところをほじくり出せるかも、な」

「…………」

千条はまた無言になり、伊佐の顔をさらに覗き込んできた。

またしても沈黙が続いた。

しばらく経ってから、千条が、

「あなたは、どうして時々黙るんだろうか」

「言うべきことを言った後は、あんたに判断を委《ゆだ》ねているからだよ」

「でもそういうとき、ふつうの人間は不安になって、さらに説明を加えようとするのではないか」

「ああ――」

言われて、伊佐は少し嫌な顔をした。

「そうだな――それならきっと、俺はもう、あんまりふつうじゃないんだろうな……」

彼の心の中で、またしてもあの言葉が反響する。

これより先に進もうとするなら、あなたはもう、二度と立ち止まることはできなくなる。

しかし苦い表情をしていたのは、ほんの少しの間だけだった。

「まあ、置かれている状況がふつうじゃないからな。そのまんまではいられないってことだろう」

「そういうことか。確認できた」

「理解したか？」

ないか？」

と訊いてきた。

「あなたが現状を不本意だと思っているのだということは理解した。とても不満を持っているのだ、と」

「おいおい、それじゃ俺がクレーマーみたいじゃないか――」

「違うのか。あなたは現在の自分の置かれている立場、我々を取り巻く全体に対して、異議を申し立てているのではないのか？」

千条に真顔で言われて、伊佐は苦笑した。

「なるほどね――まあ、そうかもな。で？　あんたは俺に手を貸してくれるのか、くれないのか。その決断の方はどうなったんだ」

投げやり気味の言い方に、千条はまた少し首を傾けて、

「――その口調は質問ではないね。確認だね」

と言った。そして疑問形で、

「どうしてあなたは、もう僕があなたに協力すると表明する前に、それを予測できたのか、教えてくれ

CUT 3.
SHUNITI ISA

喜びも哀しみも切なさも怒りも
すべて溶けだし絡みあうように
――みなもと雫〈サンクチュアリ・ゼロ〉

「まずは、基本として現場をもう一度見てみたいんだが――」

「それは無意味だ」

千条が素っ気なく言ったので、伊佐は思わず、

「はあ？」

と間抜けな声を出してしまった。

「どうしてだ？」

「もう保存されていないんだ。清掃されてしまった。現場検証の許可は僕にも出なかった。だから行っても何も見るべきものはない」

「それは――つまり、ＬＬが殺人事件そのものを隠《いん》蔽《ぺい》したということか？」

「そうだ。僕はランクが上の人間に逆らうことがほぼできないので」

「ほぼ、というのが引っかかるな――例外もあるのか？」

伊佐の問いに、千条はうなずいて、

「僕の〝スイッチ〟が入ったときには、ありとあらゆる禁則事項が無効化されて、目的達成のために全開状態になる。だが今回は、既にドクトル・ワイツは死亡していて、何をしても手遅れ、という状況だから、その態勢にはならなかった」

と言った。伊佐はううむ、と唸《うな》った。

「なんだかわからないが――あんたって信用されていないんだな」

「信用というのが行動の自由への保証、ということなら、必要充分な権限を与えられていると考えられるが」

「……まあ、そう思っとけ」

伊佐は首を振って、

「じゃあ、もう死体も安置所に移されてしまったのか」

「そういうことだ」

「最初から警察を呼ぶ気などなかったのは歴然としてるな……事故として片づける気か」

「保険金はおそらく、双方の遺族や係累《けいるい》者に充分に支払われると思うから、司法の厳格な裁きは誰も望まないだろう、という判断は、それはそれで人道的かも知れないよ。殺人者として扱われるよりは、事故死の方がましということで」

千条がそう言ったので、伊佐は少し眉をひそめた。

「人道的、って——あんたにそんなものがわかるのか？」

そう訊くと、千条は頭を少し傾けて、

「やはり言葉の使用法を間違えたかな。いや、僕はまだ試行段階だから、さまざまな言葉を状況判断で使用しているんだけど、どうも見当外れになってしまうときが多くて。この場合は不適切だったようだ」

と、聞きようによっては恥じらっているような調子で淡々と言った。

伊佐はため息をついて、

「ドクトル・ワイツはあんたを担当するはずだったんだろう？　では今度は、誰に担当されることになったんだ？」

「それが気になるのか」

「あんたをこのまま野放しにし続けるのは色々と危ない気がしてきたんでね」

「通達では、次の担当者はこの島の者ではなく、外からこっちに来るそうだ。ただ天候が天候なので、到着は当然、遅れることになった」

「そいつは間に合わないだろうな——その前に、こっちのケリはついているだろう」

ロボット探偵の取扱説明書はもらえないわけだ、と伊佐は心の中で呟いた。するとそれを読んだように千条が、

「マニュアルはあるのか？」

と唐突に訊いてきたので、かなり驚いた。

「なんだって？」

「さっき、基本として現場を、と言っていただろう。つまり殺人事件の捜査のマニュアルというようなものがあって、あなたはそれに従って行動するつもりなのか」

「あ、ああ——そういう意味か。そうだなあ……いや、今回は無理だ。そういうノウハウはまったく通用しないだろう。手探りでいくしかない」

「あなたは元は警察官だったんだろう。それは殺人を犯すことに対して抵抗感が薄い、ということにはなるのか、ならないのか」

「あ？　あー……つまり凶悪犯を射殺することもあるだろうから、一般人よりも暴力の行使にためらいがないだろう……とか、そういう話か？」

「そうだ」

「そんなことはわからん」

伊佐は投げやりに言った。するとまた千条が首を傾《かし》げて、

「あなたは、やはりとても例外的な存在だな」

と言った。伊佐が眉をひそめると、彼はうなずいて、

「今の問いかけは、これまでのデータからするとかなり〝失礼〟とされる領域の質問だったのだが、あなたはあっさりと受け入れて、かつ検討した結果の答えを述べた。これはかなり例外的な反応だ」

「なんだ、俺を怒らせて様子を見たかったのか……色々と面倒だな、あんたは」

伊佐は廊下に杖をついて、歩き始めた。

「現場検証をするのか？」

「いや、無駄ならやらない——というより、片づけられたとき余計なものが加えられているだろう。現時点では色々なことに先入観を得たくない」

「では何を？」

「基本のもうひとつ、だ——関係者に事情聴取する」

「関係者というのは、ドクトルの同僚たちか？」

「いや、患者の方だ」

2

その大広間は食堂としても使われているが、入口は小さく、一人ずつしか入れないようにできている。ペイパーカットが万が一にでも紛《まぎ》れ込んでいたとしても、室内に入ってくる人数を確認するのが容易なようになっている。そしてもちろん、逃げ出しにくいようにもなっているのだろう。

伊佐と千条がそこに顔を出したとき、その場にはハンターとアダプタ、それにマリオンが来ていた。

三人はコーヒーを飲んでいて、広い室内にいい香りが漂っている。

「おやおや、ノーマルは釈放されたのか。そのロボットさんのお許しが出たらしいな?」

ハンターが大声で話しかけてきた。彼と向かい合わせの席に着いているマリオンが千条に向かって、

「あんた、さっきはずいぶんと強引だったわね? いきなりノーマルを犯人呼ばわりして。あんたにそういうことを決める権利ってないんでしょう?」

と開口一番に文句を言った。しかし千条は無表情で、

「あの場では決定権を持つ人物は、LL氏が事件をどのように扱うかの方針を明らかにするまで不定だった。提案するだけなら誰でも可能だった。従ってこの抗議は無効だ。あなたがあの場で別の提案をしていれば別だったが」

と告げる。マリオンは上を向いて、はあ、と息を吐いた。

「うわ、ほんとにロボットでやがんの。気持ち悪い」

「すごいですねえ。あれなんでしょ、頭に銃弾を喰らって植物状態になった人を、そういう風に機械で操ってるんでしょ? まさに科学の勝利ですねえ」

アダプタが陽気な声を出した。無邪気な様子だ

が、明らかに言葉の裏には悪意があった。

「ここにいるのは、今はあんたたちだけか」

伊佐が訊くと、ハンターが答える。

「とりあえずな。全員と面談しようと思っているが、まずはこの二人がいたので、話を聞こうとしていたところだ」

「だからあ、あんたになんか話すことはないって、さっきも言ったでしょ」

マリオンが手を振りながら顔をしかめた。

「私はただ、気を鎮めようとお茶してただけよ。そしたらこの男どもが勝手に来ただけだわ。正直うっとうしいんだけど、あんたたち」

「まあまあ、僕らはお仲間じゃないですか。仲良くやりましょうよ」

アダプタがなだめる調子は、やはり軽い。伊佐は少し表情を硬くして、

「……あんたたちは、あんまりドクトル・ワイツとは親しくなかったみたいだな」

と言った。皆が振り向いたので、彼はうなずき、

「そうだろう？　死んだばかりだというのに……誰にも彼女を悼《いた》む気持ちがないようだ」

肩をすくめて見せた。するとマリオンが不快そうに、

「あんたは、あの女と話したことないの？」

と訊いてきた。

「ここに来たときに一回、診察されただけだが――」

「でも、それで充分だったでしょ？　すっげえ嫌な奴だったでしょ」

「………………」

伊佐は否定も肯定もしなかった。すると横からアダプタが笑いながら、

「彼女、なんで自分のことを〝ワイツ〟って呼ばせていたと思います？」

「いや、白衣だから、とか言っていたが」

「あははは。それ嘘ですよ。白は白でも、白雪姫だ

ったんです。ほら、僕たちVIPって七人いるじゃないですか。七人のこびとを率いて悪い女王をやっつける美しいヒロイン、というつもりだったんですよ、彼女は」

「……なるほど」

なんとなく納得できる話ではある。だが伊佐がドクトルと会ったときに感じたのは傲慢《ごうまん》さとはもう少し違う、ある種の、

（どこか、わざとらしかったんだよな——なにかを過剰に装《よそお》っているような、そんな感じがあった……）

それが何を表しているのか、今となっては確認のしようがないが、違和感があったということだけは心に留《と》めておこうと伊佐は考えていた。

「それよりもノーマル、あのE二〇六という看護師のことは、ほとんど君しか知らないだろう。彼女についての情報を、我々にも提供してくれ」

ハンターが訊いてきたが、伊佐は特に言うべきことがない。

「いや……俺も船に乗るときから介助《かいじょ》してもらったくらいで、そんなに面識があった訳じゃない。しかし優秀な人のような印象はあった。正直、あんな風な惨劇に巻き込まれたのが今でも納得いかない」

「なあに、少し惚《ほ》れてたりしちゃってたの？　優しくしてもらっちゃったりして」

「どうだろうな——今となっては、もう考えてもしようがないからな」

「あれだろう、LLは彼女のことを、サーカムに敵対する連中の手先か、あるいは機構のスパイだとか目星《めぼし》をつけているんだろう？」

「機構のスパイにしては弱すぎるだろう。ドクトル・ワイツ程度の相手に射殺されるくらいだから、単なるカスだ」

ハンターが切って捨てるように言ったので、伊佐はさすがに眉をひそめて、

「状況もわかっていないのに、決めつけるように言

うのはどうかと思うが」

と反論したが、ハンターは笑うだけで撤回しない。伊佐はさらに訊いてみる。

「その機構ってのはなんなんだ？　ＬＬにも言われたが――」

途端に、三人のＶＩＰたちはニヤニヤしだして、

「それをあんたがまだ知らないってことは、知らない方がいいってことよ」

とマリオンが代表して、小馬鹿にするような口調で言った。これも前に言われたのと同じだ。どうやら伊佐のわからないところで、皆が共通の基盤を共有しているらしい。それは無論――

「ペイパーカットに関してもそうなのか？」

伊佐の知らないことを、みんなが知っているのだろうか。そのつもりで訊いてみたのだが――急に空気が変わった。

しん、と静まり返り、伊佐のことをじっ、と見つめてくる。

「なんだ？　どうして黙るんだ」

「だからさ、それを訊きたいなら、まずあなたが知っていることを教えてくれないと、フェアじゃないっていうか、さ」

アダプタが覗き込むような眼で伊佐をじろじろと観察してくる。伊佐はそれがかなり本気の視線なので、やや戸惑った。

「あんたたちは――つまり、全員がそんなに本気で、ペイパーカットの謎を解きたいって思っているのか」

「あんたは考えていないっていうの？」

「いや、俺にとっては――」

言いかけた伊佐の脳裏に、ふいに楪沢尚美の声が反響した。

〝そういうのは伊佐さんがやってください――きっとできると思いますよ〟

それは彼女が最後に話していた言葉だった。言われっ放しで、そのまま彼女は死体になってしまった。どういうつもりで言っていたのか、それは定かでないが――伊佐は、言われたままで、その返事をきちんとすることができなかった。

それが喉に刺さった魚の小骨のように、心の奥底に引っかかっている――

「――正直、俺が見たものの中に答えはない、そんな気がしている」

嘘をつかないように努力したら、我ながらあまりにも茫洋とした答えになってしまった。

「なにそれ、訳わかんない」

マリオンが不満そうに鼻を鳴らした。

「じゃあ、あんたは何を見たっていうのよ？」

「俺が見たのは、ただ――銀色だった」

「は？」

「そうとしか表現できない。目の前いっぱいに銀色が広がって、それで……意識を失ったんだ。目覚めたときには、もう治療室のベッドの上だった」

「…………」

彼の話に、他の者たちは沈黙するだけで反応を表に出さない。伊佐は杖で床をこつこつ、と叩いて、

「さあ、説明したぞ。あんたたちもなにか言ってくれ。あんたたちは何を感じたんだ。あの〝現象〟と遭遇したときに」

「…………」

「…………」

「…………」

しかしやはり三人とも、何も言わない。だが伊佐はそれ以上は詰め寄ろうとはせずに、話を変えた。

「あんたたちは、例の予告状というのを信じているのか？」

「ペイパーカットは予告状を残す、これは既定の事実だろう？　あなたは見なかったのかい」

「いや、俺も見たが……正直今でも、あれは関係あったかどうかわからない。ただの悪戯がたまたまあ

の場に混じっていただけじゃないか、と」

「〝紙切れ〟そのものを直に見たの？」

「ああ――え？」

伊佐はまた皆の眼の色が変わっていることに気づいて、少しぞっとした。

「もしかして、あんたたちは現物そのものは見たことがないのか？」

そう訊ねても、また押し黙ってしまう。なんだこれは、と伊佐はやや苛立ちを感じ始めた。

「あのな――」

と口を開きかけたところで、ハンターが大きな声で、

「いやこれはすまなかった。君を見くびっていたよ、ノーマル。つまり君は、自分からペイパーカットに向かっていった、ということになるんだな。いや勇敢なことだ。そうとは知らずに侮《あなど》ったような態度を取ってしまっていたかも知れない。すまなかった」

と一方的に詫《わ》びてきたが、伊佐にはなんのことだか理解できないので、不審そうに顔を歪《ゆが》めるだけだった。アダプタもうなずいて、

「そうか、それで眼をやられたのか。君は直にその現象が顕《あらわ》れているのを目撃してしまったんですね。実にすごいことだ」

と感心した口調で褒《ほ》めてくるが、これも何を称《たた》えられているのか伊佐にはさっぱりだった。

「予告状を見た上で、さらに目撃までしたとは――なるほど、あんたは私たちの中でも一番かも知れないわ」

マリオンまで賛美の表情になってきた。伊佐は気持ちが悪くなってきた。だが続いて彼女が、

「だからもう、ある意味で言えば用済みって感じもあるから、引退してもらってもかまわない訳ね」

と言ったので、一気に緊張感が走る。

「……なんだと？」

「そうでしょ？　やる気もあんまりないみたいだ

し。充分な成果は達成したようだし、余生をゆっくり過ごしてもらえればいいんじゃないかしら」

こんなことを言いながら、やはりマリオンの視線は微妙に伊佐から外れていて、彼のことを直視はしない。

「余生、って――」

「きっとサーカムから援助金が出るわよ。年金もらってゆっくり養生すればいいんじゃないかしら」

「………」

伊佐は返答に詰まった。反論した方がいいのだろうか。しかし自分の中にそのための材料が不足しているような気もしていた。

「しかし完全に隠居する前に、情報は完全に提供してもらいたいものだが、な」

ハンターの言葉に、伊佐は反射的に、

「それは無理だ」

と言っていた。訝しげな相手に、さらに伊佐は、

「まだやらなきゃならないことがある。それを片づけるまでは引っ込んでいる訳には行かない」

と断言していた。

「ほう……？」

「ペイパーカットの方は知らん。そっちはあんたらが勝手にやってくれ。しかし俺は、俺の前で起きたあの〝嘘〟を暴いてからでないと、一歩も退《ひ》かないからな」

「嘘……？」

「ああ、嘘だ。あの殺人事件――なにかがおかしい。単なるスパイ同士の抗争なんかじゃない。俺にはあれがデタラメな誤魔化《ごまか》しにしか感じられなかった。絶対になにか、裏がある――」

「いや、それは裏はあるでしょう。そもそもサーカム財団がペイパーカットを調べていること自体が、世界の裏側で行われていることなんですから」

アダプタが少し呆れたように言ったが、伊佐はかまわずに、

「そんなわかりやすいもんじゃない――もっとねじ

曲がったことだ。俺はそいつを、絶対に見逃すつもりはない」

と宣言した。するとマリオンが、

「そんなこと言いながらも、身体はぐらぐら揺れてるのよね――大丈夫？　あんた」

とせせら笑う。

「嘘を見破るなんて、みんなの鼻はピノキオみたいにわかりやすく伸びてくれないわよ」

「それは逆だ」

「え？」

「鼻が伸びるのは、たぶん俺の方だ――俺が自分で嘘をついているような気になったとき、そこにおそらく真実がある」

伊佐は不安定に動いてしまう身体を必死に支えながらも、静かに言った。

ここで、それまで無言だった千条雅人が、

「ピノキオというのはなんだ？」

と急に質問してきた。

「それが童話の主人公の名前というのはもちろん理解できるが、その単語がここで登場する理由がわからない」

真顔である。それを見て、アダプタがぷっ、と噴き出して、ハンターは肩をすくめた。マリオンは顔をしかめて、

「ロボットってほんとにつまんないのね。インストールされた情報しかない……」

と吐き捨てるように言った。

伊佐は、そういえば彼女は最初に千条を見たときにも、同じような不快感をみせていたことを思い出した。

（この女は千条が嫌いなのか、それとも別の何かが嫌いで、千条はそれを連想させるものを持っている……のか？）

あれこれ考えるが、しかしそれが特になんらかの結論に達することはなかった。伊佐は話を変えようとする。

「ところで、ドクトル・ワイツがこのロボット探偵の担当者になる予定だったらしいが、彼女の専門というのは具体的になんだったと思う？」

「いや、彼女はペイパーカット絡みの、医学的なアプローチの責任者だったはずだ。そのロボットくんとはあまり関係がないんじゃないのか？」

「そうなのか？」

伊佐が千条を見るが、彼はまったく表情を変えず、

「〝ロボット探偵〟と仮称されるプロジェクトの実用実験の担当者はドクトル・ワイツだったというのは、正式な決定事項であって、間違いのない事実だ。次期担当者はまだ僕には知らされていない」

と告げる。

「まあ、ペイパーカットを追跡する機械としてあんたを改造したんだろうから、ドクトルでも良かったんじゃないの？」

「そうかな？　僕の印象だとドクトルはそんなにメカニカルな方のスキルがなかったように思うが――なんか怪しいんじゃないの、その話？」

「ほう、どう怪しいというのだね」

「いやあ、そんなことはわかりませんがね。元警官さんはどう思うんです？」

「俺もそう思う」

「ほほう？」

ハンターがニヤリとした。

「なにか目星をつけているみたいじゃないか。どういう風に思っている？」

「知らないことが多すぎて、根拠がないが……ドクトル・ワイツはなんらかの目的があって、ロボット探偵を手持ちの駒として呼び寄せたんじゃないのか、という気がする。彼女が完成させるというのは、あくまでもサーカムの中での方便《ほうべん》であって、そのつもりは最初からなかったのかも、とも思う」

「目的？　なによそれ」

「だから、その辺がわからないんだ。だがドクト

ル・ワイツは何かを企《たくら》んでいて、その準備をしていた——俺はそう睨んでいる」

「それは具体的にはなんなんですか」

「それを知りたいと思っている」

「じゃあ、看護師E二〇六は、その目的を阻止するために送り込まれた暗殺者だったたっていうの？」

「それを決められるほど、証拠も感触もない。ただ——もしそうなら、ドクトル・ワイツの目的を快《こころよ》く思っていなかった奴らは、きっとまだ残っている」

伊佐は静かに断言し、他の三人たちを見回した。

「そして逆もまたしかり——ドクトル・ワイツと目的を共有していた者もいる可能性がある。そいつらはお互いを、まだ敵と見なしているんじゃないか」

「火種《ひだね》は消えていない、と？」

「そうだ」

3

……再び暗闇に戻っている。

両眼に黒い染みを持ち、口元から血を流している幽霊が目の前に立っている。

「火種っていうのは、つまりは広がるって思っているのかしら？」

ワイツの亡霊がそう訊いてきたので、自室のベッドの上に腰掛けている伊佐は少し悲しい顔になり、

「そうだな——」

とうなずくと、身体に弾痕の穴のあいた尚美の亡霊が、

「広がるっていうのは、つまりどうなると思うんですか、伊佐さん」

と問う。

「あまりいいイメージはないな。そうならなければいいと思っている」

「つまり？」

「まだ人が死ぬかも知れない」

周囲には、あの焦げ臭い空気が充満している。それはあの世とこの世を繋《つな》いでいる証《あかし》なのか。地獄の業火《ごうか》の臭いなのか——亡霊たちはその異臭の中から語りかけてくる。

「ペイパーカット現象というのは拡大するものだと？」

「見当外れであることを願っているが——どこか〝伝染病〟のような気がしてきてしょうがない」

「それは伊佐さんの経験から、そう思うのかしら」

「いや——俺はただ、混乱しているだけだ。だが周囲の連中は、まるでペイパーカットを手に入れさえすれば、すべてがうまく行くとでも思っているかのようだ——なんであいつらは、あんな風に思えるのか、俺には理解できない……」

「でもペイパーカットは、誰でも殺せる無敵の力を持っているんじゃないの？」

「それだ——俺はまだ、それが本当かどうか疑っている」

「信じられないのは、みんな同じじゃないの？」

「確かにあり得ない話だ——生命と同じだけの価値があるものを盗めば、その人間も死ぬなんてのは」

「感覚的には、とても大切なものがなくなったら、ショックで死んじゃうってのはあり得そうだけど」

「普通ならそう思うんだろうな——だが、俺は直に、それが起こったところを見た。あのとき、殺された人間から盗まれたものは、弾丸が切れてしまった拳銃だった。そんなものがなくなったからと言って、人は死ぬものだろうか？」

「人の心の中のことは誰にもわからないことでしょう？」

「それはそうだろうが、しかしはっきりしているのは、俺たちにはきっとその仕組みは理解できないだろうってことだ。今すぐに謎を解き明かせるとは思えない。ペイパーカットを知るためには、きっとあいつそれ自体とは全然関係ないとしか思えないような回り道をして、他に、ものすごく膨大なことを理解してからでないと、手が届かないような気がしてならない——炎に直に触れようとしても、火傷《やけど》するだけだ。火がなんなのか理解するためには、あれこれと物理学の研究を何千年と重ねてからでないと無理だったんだろう？　原始時代から火は使っていても、理解できたのはごく最近——俺たちがペイパーカットのことを知ったのは、ごく最近だ。とても手が届くとは思えない」

伊佐が言葉を探り探り言うと、亡霊たちはそろってケラケラと笑った。

「語るねえ」

「語りますねえ」

「でも結局、それってあきらめムードになってるよね」

「あきらめちゃってますよね」

「いいの、それで？」

「いいんですか、それで？」

二つの声が輪唱のように伊佐の耳にこびりついてくる。

ますますこいつらが幻覚なのか本物なのか、定かでなくなってくる。

「俺はただ、他の連中が安易なんじゃないかって感じるだけだ。あきらめるも何も、手を出そうとも考えちゃいない——不用意に手を出すと」

「人が死ぬ、と」

「もちろん自分や家族、仲間や友人が予告状をもらったとかになったら戦わざるを得ないんだろうが——ここの連中は、そういう気持ちからすごく遠いところで行動している。それは危険だ」

「ペイパーカットというのは、伊佐さんが思うに、なんだと思いますか。個人として存在する超能力者なんですか。それとも集団幻覚を起こさせているだけの、超自然現象の一種？」

「だから——俺にはまだわからないんだ」

伊佐は頭《かぶり》を振りながら、ため息混じりに言った。

「サーカムがどれくらい前から追跡しているのか知らないが――相当に以前からやっているんだろう。そうそう俺がその域に追いつけるとも思えない」

「ペイパーカットというのは、予告状を出して、なんらかのモノを盗むんですよね。つまりは〝怪盗〟ってことで、泥棒は警官の敵じゃないんですか？」

「だから俺に捕まえろ、ってか？」

伊佐は苦笑した。それから頭を振って、

「あんたたちが俺の頭の中の幻覚だとしたら、俺ってずいぶん意欲的なんだな――それとも否定するためにこう考えているのか……」

「あなたは真面目《まじめ》な人なのよ、伊佐俊一」

「そう、結局はそういうことなんですよ、伊佐さん」

揃《そろ》って、奇妙な誉《ほ》められ方をする。それとも馬鹿にされているのか……伊佐の苦笑がさらに深くなる。

「簡単な泥棒なら、盗むモノはほとんどの場合は転売するためだが――ペイパーカットはいったいどこに盗品を売るんだろうな？」

それは半ば冗談のつもりで言ったのだが……口にしてから、はっとなった。

「そうだ、目的だ――どんな現象なのかは不明でも、なんのためにそういうことをするのか、という面からなら、探ることも不可能ではないのかも――犯行の動機を調べるのは捜査の基本のひとつだ……」

ぶつぶつ呟いていると、ふいに眩暈が激しくなってきた。

「うっ……」

と身を屈《かが》めたところで、二人の亡霊のくすくす笑いが響き、

「そうそう、その調子その調子――」

「頑張ってください、伊佐さん――」

という声が、ぼんやりと薄れていって……。

*

「……うっ」

と暗闇の中で目が醒めた。

ベッドの中で横たわっている。いつ横になったのか、どうにも記憶がぼんやりとしていて定かでない。

（千条雅人と一緒に、他のＶＩＰたちを尋問していたはずだが……いつ話が終わったんだったか――）

くらくらしながら身を起こす。嫌な冷汗が全身に滲《にじ》んでいる。

もう夜中になっている。時間的には眠りに就いていてもおかしくない時間だ。どこかで倒れて運ばれた、という感じではないから、やはり自分で横になったのだろう。

喉がカラカラに乾いている。水が欲しかった。

ベッドから下りて、杖を突いて歩き出す。もうＩＤカードがあるので、閉ざされていた扉も自分で開けられる。

廊下に出て、静まり返った細長い通路を進んでいく。

（確か――こっちの方に休憩コーナーがあったはず……）

飲み物を求めて、伊佐は不安定な足音を響かせながら進んでいく。

廊下の角に並んでいた自動販売機にＩＤカードを当てて、スイッチが点灯したところでアイソトニック飲料を選んだ。出てきたコップはプラスチック製で、そこに注がれる仕組みだった。この離島に缶飲料をいちいち運んできたり空き缶の処理をする手間を考えると、タンクで飲料を持ち込んだ上でコップをいちいち洗って使った方がいいのだろう。

慌て気味に口元に持っていき、一気に飲み干してしまう。

「ふうっ――」

大きく息を吐く。もう一杯、とコップを提供口に戻してボタンを押そうとしたところで、声が背後から聞こえた。

「ふふ、まるで砂漠を彷徨《さまよ》っていた直後のような飲みっぷりだな？」

振り向くと、そこに立っていたのはニッケルだった。

「あんたも夜中に起きちまったクチか？」

伊佐が訊くと、ニッケルは肩をすくめて、

「最近どうも不眠症気味でね――」

と嘆くように言った。

「そいつはペイパーカットと遭遇した後から、か？」

「いや、そうでもない――かなり以前からだ。仕事柄、気持ちが休まることがなかったのでね」

「良かったら、何をしていたのか教えてくれないかな。いや、無理ならいいんだが」

「サーカムとの契約には、そこまでの守秘義務はないから大丈夫だよ。私はトレーダーだったんだ」

「株の売り買いをしていたのか。優秀だったみたいだな」

「わかるかね？」

嬉しそうなニッケルに、伊佐はまた飲料を機械から注ぎながら、

「自信がありそうに見えるからな、あんた」

と言う。ニッケルはうんうんとうなずく。

「自信がなければやっていけない商売だよ。何も信じられなくなるから、自分くらいは信じていないとすぐに足元を掬《すく》われる」

「俺は詳しくないんだが――あれだろう、一日で何億って金が動くんだろう？」

伊佐の質問に、ニッケルは鼻でふん、と笑った。

「一日じゃない。一分だよ。いや正確には秒単位だな、もはや」

「厳しいんだな」

ごくごく、ともう一杯飲み干す。ふう、とコップ

を下ろして、

「すると、大金それ自体にはもう価値を感じなくなったりするのか？」

と訊いた。ニッケルは少し眉をひそめる。

「どういう意味だ？」

「いや、つまり――ペイパーカットって大金は盗まないんだろう？　そういう事例はないって話だよな」

「ああ。私も聞いたことがないな」

「ヤツが盗むのは、生命と同じだけの価値があるもの、そうなんだろう？」

「そういうことになっているな」

「だが――」

サングラスの奥で伊佐の眼が厳しくなる。

「人は、大金のためなら平気で人を殺すぞ。他人の生命よりも金銭の方が価値があると思って」

「それは――少し話が違うんじゃないか？」

「何が違うんだ？　財産がなくなって、借金だらけになって、絶望から自殺した人とか、あんたの周囲にもいたんじゃないのか？」

こう問うと、ニッケルは顔をしかめた。そして、

「君は、私の報告書を既に読んでいるのか？」

と訊き返してきた。伊佐は首を横に振る。

「そんなものは見せてもらっていないが――ペイパーカットの現れるところ、必ず人が死んでいるんだろう？　ということはあんたも例外じゃないわけだ」

「なるほど。推理したのか。さすが警官だな」

「もと警官だ。クビになったからな――警備も果たせず、犯人も死んで。役立たずだった」

伊佐はため息をついて、ニッケルに視線を戻す。

「俺はそういう感じで、かなり気が引けているんだが――あんたはどうだ？　責任を感じたりとかしているのか」

「私は、顧客には最初にリスクがあることをしっかりと注意している。責任はない。もちろん法的に

も、道義的にも、だ」

「いや、俺相手に別に正当性を主張する必要はない。ただ、嫌な感じがしているかどうか、って程度の質問だよ、これは」

「それは――まあ、愉快ではなかったよ」

「もちろん、単に客が自殺したとかそういう話じゃないんだろう？　ペイパーカット絡みなんだから――」

「ああ、そうだ……あれは仕事明けで、事務所から帰宅する途中のことだった――」

＊

サーカム財団によって〝ニッケル〟というコードネームを与えられた男、南泰介《みなみたいすけ》は徹夜明けの仕事帰りに、通りの真ん中でその来訪者を迎えることとなった。

「あ、あのう、南さん、南さん――」

おどおどしながら声を掛けてきたのは、彼の顧客だったこともある若い男だった。かつては両親の遺産を受け継いで、かなり裕福だったのだが、風の噂で泰介との取引をやめてしまった後で大損を重ねて、ついには破産してしまったと聞いていた。

「ああ、あなたですか――なんの用です？」

「いや、南さんにぜひ見ていただきたいものがあって――」

そう言って、ごそごそと懐《ふところ》を探り出した。着ているコートはすっかり汚れていて、何ヶ月も着っぱなしという感じだった。泰介は嫌悪を覚えて、

「いや、今急いでいるので――」

と振り切ろうとした。しかしその腕にしがみついてくる。

「南さんでないと駄目なんですよ。だって、だって、だって南さんが、僕に力を与えてくれたんじゃありませんか。あなたがいなかったら、僕は何もできないろくでなしのままだったんですから――」

「私は何もしていませんよ。ただあなたの資産を一時期運用していたってだけじゃないですか」

「でも、でもでも、でもそれで、僕は自分が金儲けができる人間だってわかったんですよ。それまではずっと、全部パパとママのものを食い潰《つぶ》していただけだったのに――南さんのおかげで、僕は初めて自分の金というものを手にしたんですよ」

　異様に熱っぽく言われるが、その眼が変に暗い。光が欠けている。見られていると背筋が寒くなってくる。

「いや、最初から全部あなたのものですよ。遺産なんだから。正当に受け継いだんだから」

「そうじゃないんです。そういうことじゃないんです。僕だけのものです。そういう意味なんですよ」

「全然わかりませんよ、そんなの」

　振り払おうとするのだが、がっしり掴まれているのではなく変にだらりと脱力しているので、ただ振り回すだけになってしまう。

「南さんだけなんです、僕が頼れるのは」

「いや――でもあなた、途中から私の意見を聞かなくなったじゃないですか。私が売ったはずの株を後から買い戻したりして。なんのつもりだったんですか？」

「いや、だから――パパとママからやっと解放されたのに、今度は南さんがそんな風になってきちゃったから……」

「そんな風ってなんですか。とにかく離してくださいよ。もう顧客じゃないんですからね、あなたは。人を呼びますよ」

「とにかく見てくださいよ、僕にはもう何がなんだか……」

「なんだか訳わかんないのはこっちだよ。離せよ！」

　苛立って、突き飛ばすようにしてなんとか引き剥《は》がした。男はよろけて、そのコートの裾が大きく広がって、その下から何かがひらひらと落ちてきた。

一枚の紙切れだった。

見るともなく、南はそれを見てしまう。地面に落ちているそれに書かれている文章も、意識せずに読んでしまう。


〝これを読んだ者の、生命と同じだけの価値のあるものを盗む〟


そう記されていた。その字は平凡なもので、とりたてて個性というものを感じさせない筆跡だった。

(なんだ……?)

南はその紙切れに気を取られていたのだが、落とした男の方は、そっちには目もくれず、ポケットから落下したもうひとつの物に固執《こしつ》していた。

それは黄色い樹脂《じゅし》製のボールだった。手のひらにすっぽり収まってしまうような、小さな玩具だ。

てん、てん、てん……と路上を転がっていくそれを、男は慌てて追いかけていく。


「ああ——パパが、パパがくれたボールが……」

その様子があまりにも必死なので、つい南は逃げるのを忘れてその姿を目で追ってしまう。

するとボールが転がっていった先に、ひとつの人影が現れた。前からそこにいたのか、それともいきなり出現したのか、南には思い出せなかった。

それどころではなかった。

その人を、南は知っていた。少なくとも、知っている人間に瓜二《うりふた》つに見えた。だがそんなはずはない。それはあり得ないことだった。

それは南の祖母にそっくりな姿だった。だがその祖母は、既に十年前に死んでいるのだった。いる訳がない——だがそれは、そうとしか見えない。

そのあり得ない人影は、路上を転がっていた黄色いボールを拾い上げて、そして男に向かって差し上げて見せた。そして言った。

「そうだ——君の直感は正しかった。これが君のキヤビネッセンスだ」

その声が祖母に似ているのかどうか、南に慎重に確認している余裕はなかった。

人影がボールを拾い上げたのと、ほとんど同時に——南の顧客だった男の身体が、ぐらり、と揺れたかと思うと、次の瞬間には路上に倒れ込んでいたからだ。

積んであったゴミの山に頭から突っ込んで、周囲に空き缶をばらまいたが、それっきり動かなくなった。

ぴくりともしない——そのときにはもう、死んでいた。

そしてあの謎の人影も、完全に姿を消してしまっている。そんな者がほんとうにいたのか、後からでは信じることもできないくらいに、完璧に。

「な、な、な……」

南は茫然としてしまって、周りの通行人が騒ぎ出してからも、しばらくその場から動けなかった。

いつのまにか、落ちていた紙切れはどこかに飛んでいってしまったらしく、どこにも見つかることはなかった。

＊

「……というような感じだった。それが私のペイパーカット体験だ」

ニッケルは所々言いにくそうにしていたが、なんとか語り終えた。

「なるほどな——」

伊佐も納得した顔でうなずく。

「被害者と直前に会話していて、予告状を見て、さらに死亡する瞬間を目撃している——俺の事例とほぼ同じだな。で、それ以来ずっと身体の不調が続いているのか？　慢性的な吐き気と消化不良か」

「ああ、君にはみっともないところを見せてしまって申し訳なかった。だがわかってもらえると思うが、あれは自分では制御ができないんだ」

「わかるよ。俺の眩暈も同じだからな」

伊佐の慰めに、ニッケルも素直にうなずき返した。

「私の時は、祖母の姿になって現れたのだが、君はなんだったんだ？」

「俺は……そういう具体的な姿じゃなかった。なんとなく〝銀色〟みたいな光に見えた」

「しかしペイパーカットというのは、人によって見える姿が変わってしまうのが特徴なのだろう？　君の場合はそういうことではないな。それとも君の想い出の中に、そういう風な銀色の記憶でもあるのか？」

「いや、そういうものはないな。だから幻覚かもと言われれば否定はできないが——しかし、自分としては違う気がする」

「その根拠は？」

「根拠はない。しかし……」

伊佐はそこで、少し言い淀んだ。

「しかし、なんだね？」

「……いや、なんでもない」

伊佐は言葉を濁した。しかし本当はこう言いたかったのだ。

〝他の幻覚よりも、生々しい感触があったからだ〟と。だが他の人間に、自分が明らかに幻覚症状としか思えないものが見えていることを教えることにはまだ躊躇《ため》いがある。

「仮にだ、ノーマル——君には生命と同じだけの価値があるものがあると思うか？」

ニッケルがそう訊いてきたので、伊佐は頭を横に振る。

「いや、見当もつかないな——あんたはどうなんだ？」

「——君もまたＶＩＰで、しかも他の連中とは少し違って信用できそうな気がするから、正直に言うのだが」

ニッケルは真顔で言う。

「私の中でもっとも大事な想い出は、祖母に優しくしてもらったことだ。私はお祖母ちゃんっ子だったからな。少年時代の記憶は、私の心の宝物と言えるだろう」

「ふうむ――」

「まあ、具体的な品物ではないのだが」

「いや――それはわからない。もしかすると、あんたの目の前で死んでしまったその被害者も、両親との想い出の品を盗まれて、それで死んでしまったのだとしたら――あんたの話とも符合している」

伊佐の指摘に、ニッケルは眉をひそめた。

「私と、あの死んだ顧客が似ていると?」

「一般的な意味では、あんたらは似ても似つかない人間だったろう――しかしペイパーカットというのは、我々の常識を超えた存在なんだろうから、どこに共通点を見出すかわかったもんじゃない」

「むう……」

「もしかすると、あんたの目の前でその被害者が襲われたのは偶然ではないのかもな」

「偶然でないとしたらなんなんだ。その疑問には答えがないだろう」

「そうだな――俺のことを振り返っても、全然取っかかりがないしな」

「しかし、いくら大切な想い出の品だからと言って、それをなくしたって死にはしないだろう。ショックで心停止、というような感じでもなさそうだし」

「それは同意見だな。そんなわかりやすい死に方じゃなかった。何よりも、まったく苦しんだ様子がなかった。そう――スイッチをぱっ、と切ってしまったようだった」

伊佐の言葉に、ニッケルは眉間に深い皺を寄せて、そして呻くように、

「苦しんで死ぬのは――嫌なものなんだろうな……」

と言った。これに伊佐は訝しさを感じた。

「そりゃそうだろう——おい、なんだ。まさか被害者が羨《うらや》ましいとか言うんじゃないだろうな?」

　訊かれて、ニッケルは少し身震いして、

「君は考えたことがないのか?　今の苦しみがずっと続いてしまうんだったら、いっそすぐに楽になれたら、と」

　と言った。伊佐は渋い顔になり、

「そんな弱気でどうするんだ。俺たちは一緒にペイパーカットの謎を解き明かさなきゃならないんだろう?」

「一緒、か——しかし君は私の味方をしてくれないと言っていたじゃないか」

「そんなつもりはない。ただすぐに決めつけるのが良くないって言っただけだ。今でもそうだ。結論を急いでもいいことはない」

「だが私は——どうにもサーカムが信用できなくてね……」

「それは俺も同じだが……少なくとも連中は、ペイパーカットの謎を解くことには本気のようだ。利用されるにしても、その方向性が同じなら、さほど腹も立たないんじゃないか?」

「君は……ずいぶんと真面目なんだなあ」

　感心したように言われたその言葉が、さっき亡霊たちに言われたものと同じだったので、伊佐はちょっと嫌な気持ちになったが、すぐに切り替えて、

「たとえば、あんたはかなりの金持ちなんだろうが……今すぐに全財産を盗まれたら、それで死ぬと思うか?」

「いや、そんなことはないだろう。というよりも私もプロとして、資産のからくりを知っている。借金が貯蓄を遥《はる》かに上回っていても、事業が興せることも知っているから、無一文になってもそれなりにやっていける自信があるよ」

「じゃあ、価値ってなんだろうな」

「生命と引き替えにしてもいいものなんて、この世にはなにもないと思うがね」

「金は、たぶんこの世のほとんどのものと交換できる唯一のものだろう。あんまり褒められた考え方じゃないが、それこそ恋人も人々からの尊敬も金で買えないことはないだろう。生命だって同じだ。貧富の差で、助かる生命と助からない生命が厳格に線引きされているのが、今の世の中だろう」

「それはそうだが――」

「だがペイパーカットはその金には全然、興味がないようだ。なんでだ？　既に金なんかうなるほど持っているので、これ以上要《い》らないってのか？　それとも……別に理由があるのか」

「だから、前にも言ったが――君はペイパーカット現象を少し擬人化して考えすぎていないか？　金が欲しくないのかとか、価値はなんだとか――そんな人間的なものなのか？」

「あんただって、人間として目撃したんだろう？」

「それは、だから――あり得ない姿だ。私の頭が生み出した幻覚だ。人にそういう症状を起こさせる現象だ」

「だから、なんのためにそんな症状を見せるのか、ということを問題にしてるんだ、俺は」

「ううん……」

伊佐の真剣さに気圧《けお》されて、ニッケルは困惑の表情を浮かべている。伊佐はかまわず続ける。

「なんにでも交換できる金銭に、ヤツが興味を持っていないのだとしたら――予告状にある、同じだけの価値があるものというのは逆に――生命には価値がないと、ヤツが考えているからじゃないのか……俺たちにそう教えたがっているんじゃ……」

ぶつぶつと呟いてから、伊佐は少し頭を振った。

「……いや、迷路に入りかけているな、俺は」

「そうとも。急ぐのはよくない、って自分で言ったばかりじゃないか、君は」

ニッケルにもっともなことを言われて、伊佐は苦笑した。

「さすがにそろそろ寝た方がいいか。ベッドに戻るよ。あんたもその方がいいぞ」

しかしニッケルは肩をすくめる。

「いや、私はもう少しここにいるよ。どうせ寝付けないんだ。煙草が欲しくなるよ、こういうときは」

「お互いに、もう少し力を抜いていくべきかもな……じゃあ、また明日」

「ああ。またな」

伊佐は自室に戻るために薄暗い廊下を歩き始めた。その途上でニッケルが声を掛けてくる。

「なあ――君は、何とだったら生命と交換しても良いって思う?」

「さあな、考えたくもないな」

伊佐は投げやりに応えた。振り返って視認したニッケルの姿は小さく、遠く、闇の中に溶け込んでしまいそうだった。

＊

「そして――これが伊佐さんと〝ニッケル〟との最後の対面になったのね」

どこと知れぬ場所、いつとも知れぬ時間の会話は続いている。彼女の前で〝銀色〟は静かにうなずいて、

「彼はこの頃から、既に自覚しつつあったということなんだろうね。そう――自分の上に影が掛かっていることを認識しつつあったのだろう」

「伊佐さんは、自分の身の危険をどこまで考えていたのかしら?」

「彼は、おそらく最初から最後まで、ずっと覚悟しているんだろう。自分はいつ殺されてもおかしくない、と」

「最初って、つまり――アルバトロスに来たときから、伊佐さんはそんなことを考えていたのかし

ら?」

　彼女の問いに、銀色は首を横に振った。

「いや——私と初めて出会ったときから、ずっとそう思っているんだ、彼は」

　銀色の言葉に、彼女の眉がひそめられる。

「……最初がそれじゃあ、その——〝最後〟っていうのはいつになるの?」

「彼が、私を必要としなくなるまで」

「それって——つまり、どういうこと?」

「まだまだ道は長い——ということになるんだろうね、結局」

　肩をすくめるような気配。茫然と脱力している彼女。その様子を見ているのは、部屋の隅に放り出されているピノキオ人形だけだった。

4

　かなり力のこもった手で、がくんがくんと揺すぶられて起こされる。

「伊佐俊一、君には現在、覚醒しておく必要が生じている。伊佐俊一、君には現在——」

　誰なのか考えるまでもない、機械のように同じことを繰り返す感情のない声で言われながら、強い力で右に左に動かされる。もうサングラスが掛けられているのが感じられた。眠っている間に装着されていたらしい。

「……起きる、起きるよ。だから離してくれ」

「十秒以内に意識の安定が見られない場合は、再び——」

　千条雅人がそう言いかけたところで、伊佐は身を起こして、彼の前に手をかざした。

「ああ、だから起きるって——悪いが、杖を取ってくれないか」

「了解した」

　千条は伊佐に、召使いのように杖を差し出してきた。

「ありがとう——なんか変な気分だな」

「充分に目は醒めているように見えるが」

「眠いんじゃなくて、あんたのことだよ。あんたは今、一応は俺よりも偉い人ってことになるんだろう？　それなのに起こしに来たり杖を取ってくれたり、まるでアシスタントみたいじゃないか？」

「僕がどのように感じられるのか、そのことが何か重要なことなのか？」

「気にしないでくれ。警察にいた頃は、とにかく序列は何よりも重要なことだったんでな。まだ慣れていないだけだ、あんたに」

伊佐は首を振りながら、ベッドから杖を支えに立ち上がった。

壁に掛けられている時計を見ると、まだ午前五時だった。起床時間は六時五十分だったはずなので、ずいぶんと早い。

「——さっき、俺に覚醒しておく必要が生じている、と言ったな」

「ああ」

「それはつまり——何か起こったのか？」

「君に今すぐ、そのことを説明すべきかどうかを判定する状況にない。同行してもらえれば、事態が進展することになるだろう」

何のことだかよくわからないが、とにかく〝ついてこい〟と言われているようなので、伊佐は千条に従って早朝の施設内を移動し始めた。

建物中央付近の廊下に出たところで、もうざわついた気配があった。ただならぬことがあったのは間違いなさそうだった。

（なんだ……？）

伊佐の中で、嫌な予感がどんどん膨《ふく》れ上がっていく。この歩いているコースは——昨晩、彼が飲み物を求めて進んでいったのとまったく同じルートだった。

他の職員たちが集まっているのも、やはりあの休憩所の所だった。伊佐の姿を見て、彼らはいっせいに後ずさるような態度を取った。

そして前が開けられて、その場に展開されている情景が伊佐のサングラス越しの眼に飛び込んでくる。

「――っ！」

伊佐は声のない叫びを上げていた。奥歯がぎりりと噛み締められて、腰が抜けそうになって、がくっと杖の端が脇腹に喰い込んだ。その痛みもろくに感じなかった。

「こ、これは――」

伊佐が呻いたところで、横から千条が、

「さて、ご覧のようにこの場所でニッケル氏が死亡していたのだが、この件について君から言及しておくことがあるか」

と静かに言った。

彼の言うとおりに、その場所に倒れて、眼を見開いたまま宙を睨んでいるのは、伊佐が昨晩ずっと話し込んでいた相手、ニッケルに間違いなかった。

彼はベンチに片足をかけるようにして床に横たわっていた。あんなに吐瀉物を撒き散らしていた男が、一滴の胃液も血も流さずに、そのまま転がっていた。

「こ、こいつは――」

その表情は苦悶《くもん》に満ちていて、自分が死ぬことを自覚しながら死んでいったことは間違いなさそうだった。

「伊佐俊一、君は彼と昨晩、この場所で会っていたのではないか？」

千条の質問に、伊佐はうなずくしかない。

「ああ――そうだ……」

「その時間帯に、部屋のロックが解けていた人間が君とニッケル氏しかいなかった。このことについて君から何か言うべきことはあるか」

「……何もない」

「それでは君は、またしても殺人事件の第一容疑者であることを自ら肯定する、ということでいいのか」

「………」

伊佐は返事ができなかった。どうなっているのか、自分でも理解できなかった。それでもなんとか言葉を絞り出す。

「この――彼の死因はなんなんだ？　殺害されたって――外傷がなさそうだが……」

「身体に残されている各種の反応から彼の死因は心筋梗塞《こうそく》によるものと考えるのがもっとも妥当で、つまりはショック死ということになる」

千条は淡々と説明する。伊佐は喉がカラカラに乾いているのを自覚する。

「彼の心臓は……弱っていたのか？」

「そういう診断はなかったが、内臓全般が弱っていたから、突発的な死である可能性もある。君はどう思う？」

「………」

伊佐は、職員たちの視線を全身に感じていた。それは疑われているというのとは少し違っていた。

何かをはっきり言って欲しい、そんな視線だった。

「……もしかして、と考えているのか、みんなも」

「君は、とりあえず自分が犯人であると自白はしないということかな」

千条の断りを、伊佐は無視した。そして皆の方を振り向いて、そして訊く。

「念のために質問するんだが――現場にあの例の証拠品は残っていなかったんだな？」

全員がうなずいた。伊佐はふううう、と長い息を吐いてから、慎重に言う。

「紙切れは――予告状は見つからなかったんだな？」

あまりにも不自然すぎる状況、異様すぎる人の死の連続。

ペイパーカットがこの凶行に深く関係していると仮定しても、それほど無理があるようにも思えなくなってきていた。
　外では、相変わらずの嵐が吹き荒れ続けている。
　この閉じこめられた孤島の中に、正体不明の謎の存在が紛れ込んでいるとしたら——。

CUT4.
SHADY

なにもない風景に吸い込まれて
無駄に過ぎていく時間に紛れて
――みなもと雫〈サンクチュアリ・ゼロ〉

1

ほとんど岩ばかりとはいえ、島にはもちろん正式な名称があり、地図には〝天翁島〟という名が記載されている。この名前がいつ頃から使われていたのかは定かでないが、かつて島中に生息していたアホウドリの漢字表記である『信天翁』から取られていたであろうことは想像に難くない。

だが現在、この島にはその昔の島の主だった大型の鳥は一羽も残っていない。

五十年ほど前に、完全に根絶してしまったのだ。より正確に言えば、人間によって滅ぼされてしまったのである。その期間はわずかに一年たらず――生態系のサイクルからするとほとんど一瞬で、ひとつの群生が消え失せてしまったことになる。理由は乱獲――人間に関わってしまった生物の絶滅原因のトップに挙がるありふれた理由。ただこの場合の特殊なところが、それがほとんど個人の手によってなされてしまったということである。ある夫婦が、この鳥から羽毛が穫《と》れるということを発見して、文字通りに最後の一枚まで剝《は》ぎ取ったのだった。彼らの意識の中では、それは落ちている石が売れるから拾っていたのと同じだった。苦労らしい苦労をすることなく、深く考えるまでもなく、羽毛を集めていっただけだった。

ひとつの世界が滅びるとき、そこに大した理由は必要とされない。悪意すらいらない。

ただ、毟《むし》り取られるだけだ。

どうしてただの夫婦が何万羽という鳥の群れを皆殺しにできたのかというと、それはその鳥自身の大きすぎる身体に理由がある。巨体を誇る代わりに動きが鈍く、空に舞い上がるためには切り立った岸壁のような場所から飛び降りなければならないのだった
逃げるのがヘタクソ――だから阿呆な鳥という名

前が付けられた。

じたばたと足掻《あが》くだけで、殺されることにも気づかない間抜けな鳥。その名を冠された施設に現在いる者たちは、はたして奪り取る側なのか、それとも滅ぼされる側なのか——。

*

必ず二人以上の人数で行動し、互いに互いを監視するような状態で、施設中の探索が行われた。

しかし問題の紙切れはとうとう発見されず、かつ記録にある人数よりも多くの人間も、

「確認できなかった。何度か検証してみたが、異常は見当たらなかった」

とＬＬが皆を集めた会議ホールの席上で報告した。

「本当にペイパーカットがいたのかしら？　ニッケル氏は単なる病死じゃないの？」

マリオンがまたしても否定的なことを言う。これにＬＬもうなずいて、

「実のところ、現時点ではその可能性が一番確率が高いだろう。だがこの施設で研究しているものは、我々の常識を超えたものだからね。念には念を入れなければならない、というところだよ」

「面倒なことを……」

そう呻いたのはハンターだった。

「だからさっさと私に全権を委《ゆだ》ねて、全員の完全なる情報提供を実行すればよかったんだ。ニッケルくんは自然死かも知れないが、これで彼から得られたはずの貴重なデータは消えてしまったぞ」

するとこれにコスモスが、

「暴力をちらつかせて脅《おど》して話を引き出したとしても、それは正確なデータではないだろうが」

と反論した。

「そもそもあんたには公平さがない。そんなことを言っているあんた自身のことを我々に教えようとし

ないのは問題じゃないか。どうしてあんたはサーカムからペイパーカットのことで協力を求められたんだ？　そのきっかけはなんだ？」

「私が優秀だからだ」

「それでは答えになっていないな。優秀な人間などごまんといる。あんたがここにいるのは、我々同様に〝特別〟だからだ。他に理由はない。あんたのその特殊性を説明してもらいたいものだが——まあ、私はあんたとは違って、やたらと他人に強制する癖はないんで、無理にとは言わないがね」

「やれやれ。ペイパーカットと過去に遭遇すると、そんな風にひねくれてしまうものなのかね。一筋縄では行きそうもないな」

　ハンターは肩をすくめて、そして伊佐の方を見る。

「どうだねノーマル。君がニッケルと最後に話した人間なんだろう？　彼は死に際に、なにか不審な素振りを見せていなかったか」

　訊かれて、伊佐は返答をためらったが、正直に、

「……彼とはキャビネッセンスについて、あれこれ話をした。結論は出なかったし、彼にはペイパーカット現象を擬人化するのは問題だと注意された」

と説明した。

「浅はかだな。さんざん研究されていることを、そう簡単に結論が出せるわけがない。まさか、それで警戒を強めたペイパーカットがニッケルを一足先に始末したとでも言うのかね、君は？」

「………………」

　伊佐は反論しなかった。そこでアダプタが口を挟んできた。

「あのですね、皆さんはどうもペイパーカットのことばかりを気にしているようですが、一番最初のドクトルと看護師の相討ちからして、これってやっぱり他の組織のスパイをまず疑うべきじゃないかと思うんですがね、僕は。今回の調査で、職員たちの中に身元保証のない人間は紛れていなかったんでしょ

う？　てことは、つまりサーカム財団の正式メンバーの中に裏切り者がいるってことになりませんかね。こいつは問題ですよ」

「ペイパーカットがいても問題、いなくてもやっぱり問題――」

シェイディがそう言ってから、ひひひっ、と耳障《みみざわ》りな笑い声を立てた。

「いや、だからニッケルが自然死だったら、必ずしもそうとも言えないわけで」

マリオンが苛立ちながら強い声を出した。彼女は両手を振り回して、

「くだらないわ。何みんな神経質になってんのよ？　私たちが危険に首を突っ込んでるのは今に始まったこっちゃないでしょ？　覚悟できてんでしょ？　ニッケルもそうよ。あいつが考えすぎて、負担かけすぎて、それで心臓が停まっちゃったとしても、それもやむを得ないことのひとつじゃないの？　そうでしょ、そこのロボット？」

と、話をいきなり千条雅人に振った。彼はそれまでその長身の身体を、ぼーっ、と直立させていただけだったが、言われて即座に、

「その見解は最も適切でしょう、マリオン」

と肯定した。

「でもですね――」

まだアダプタが食い下がろうとしたが、そこでＬＬがその丸々と太い指の手のひらをぱん、と打ち鳴らして、

「まあまあ、この件はこれまで、ということで。天候が回復次第、対応するスタッフも島に来ますから、判断はそのときにあらためて、ですか」

と話を打ち切ってしまった。それからついでのように、

「当面は、今回の調査で行ったように、基本として二人一組で行動するようにしてください。そこは気をつけて。相方が見当たらなくなったら、すぐに近くの者に報告してください。ではひとまず解散」

2

「君はほんとうに犯人ではないのか、伊佐俊一」

千条にまっすぐ見つめられながらそう訊かれたので、伊佐は、

「では俺が犯人だとして、どのように犯行を実行したのか、その推理を教えてくれないか」

と訊き返した。千条はうなずいて、

「君が実行犯と考えるのは確かに困難だ。君には深刻な症状が出ているのだから、暴力的な行為には向いていない。だが他人を誘導することは不可能ではないだろう。特に精神的ショックを相手に与えることで心臓を停止させることは充分にあり得る」

と真顔で言った。伊佐はもう、こういう話をされても気にならなくなってきていた。

「ではその仮説と、単にニッケル氏が自然死であるという説と、そして——ペイパーカットが関係しているかも知れないという説と、どれが一番あり得るんだ？」

そう質問を重ねてみる。すると千条は少し頭を傾けて、

「ペイパーカットが関係しているかも知れない、というのはあまりにも乱数的な視点で、それが加わるともう試算は困難になりすぎてしまって、すべての仮説が立証不能に陥《おち》ってしまうんだよ」

とややこしいことを言ったが、これは要するに、

「早い話が、俺が犯人だと自白してくれれば、事が簡単になって楽なのに、って話か——残念だったな」

「自白はしないんだね」

「仮に俺が認めたとしても、あんたのその優秀な演算回路とやらはどうせ、その発言の矛盾点を色々と洗い出してしまうだろうよ」

そう言ってやると、千条はまた頭を少し傾けて、

「その指摘はとても正しいね。その通りだ。そうい

う経過を辿《たど》ることになっただろうね。フローチャートがそこまで進行してなかったから、予測が立っていなかったが。君の見解の信頼性が高いことが立証された」

と言った。伊佐は苦笑して、

「それって褒めているのか、それとも容疑者をおだててボロを出すのを待っているのか、よくわからんな――自分が刑事コロンボに詰め寄られる犯人役になってる気がしてきたよ」

と言うと、千条は無表情に、

「コロンボという名前の人物についてのデータがないのだが、それは重要なことなのか」

と訊いてきたが、伊佐は首を振るだけでもう答えなかった。

二人は廊下を進んでいる。

常に二人一組で行動しろ、という指示に従って、彼らはコンビになっているのだった。

「しかし、LLからの指示は当面の待機ということだが、それでも君は捜査を続行するんだだね」

千条の言葉に、伊佐は首を横に振って、

「捜査とは言えない。今の俺にはなんの権限もないし、そもそも捜査権自体がない。だからこいつは、気になっていることを晴らそうという個人的な試みに過ぎない。だからあんたの協力は求めないよ。資格がないからな」

この言葉は半分は嘘である。伊佐はもともと当のLLから正式に、紛れ込んでいるスパイを暴いてくれという指示を別個で受けているからだ。しかしそれは千条に言っていいかどうか不明な事柄である。

「ふうむむむ――」

千条は奇妙な唸り声を上げた。人間的なようで、その音の伸ばし方が異様である。

（もしかして、悩んでいるのか？）

伊佐がそう考えたところで、千条は、

「いや、やはり僕も調査を続行するしかないだろう。担当であったドクトル・ワイツの懸案事項の解消という当初の目的と、待機していろという指示の間での行動に限定されるだろうが、君に反対する理由は少なくともそこには存在しない」

と回りくどいことを言った。要は、手伝うよ、と言っているのである。

「頼りにしてるよ」

伊佐がやや投げやりに言うと、千条は首を少し傾けて、

「君は僕を信頼しているのか？　どうして」

と感情のない声で訊いてきたが、伊佐はこれにも答えないで進んでいく。

彼らが訪ねていったのは、他のＶＩＰたちが定期検診を受けているという待合室だった。何人かが診察室に入っていて、ベンチに座っているのはコスモスとシェイディの二人だった。

「やあ、ノーマル。君は検診を受けないと聞いていたのだが。どうしてなんだろうね」

コスモスの方から先に話しかけてきた。伊佐は肩をすくめて、

「俺は、ドクトルの正式な診断が下される前だったので、何を調べていいのか、わかっていないんだそうだ」

と答えた。

「外見上は君の症状が一番深刻で、最も治療を受けなければならないように見えるがね」

「そんなことは、俺は知らんよ」

伊佐が素っ気なく言うと、シェイディが、ひひひっ、とかすれた笑い声を上げて、

「何が深刻で、何が軽度か——誰も知らない。自分も知らない——」

と引きつるように言った。

「知らないまま、結局——誰も助からないのさ……ひひひひっ……」

不気味な声を突然上げだしたので、伊佐は眉をひそめた。そこで千条が、

「他人に理解しがたいことを平気で口にするのは、

シェイディ氏のアルバトロスＶＩＰとしての〝症状〟によるものだろう」

と先回りして説明した。伊佐の表情から疑問を持ったと判定したのだろうが、やや拙速すぎた。

「……〝症状〟？　つまり、俺の眩暈や、ニッケルの内臓劣化みたいなことか？」

ペイパーカットと出会って以来、その身体に見られる変化――それは個々人によってバラバラということなのか。

「彼の場合、前頭葉《ぜんとうよう》の一部の活動が極端に低下しているのが確認されている。もちろん僕のように完全に機能喪失しているわけではないので、補助するチップを埋め込むようなことはしていない」

千条がぺらぺら喋ってしまったところで、コスモスが、

「やれやれ、このロボットにも困ったものだな。プライバシーもへったくれもないんだな」

と大袈裟に嘆いたが、その態度もどこか白々しい。

「前頭葉、って――つまり、どういうことだ？」

この問いに答えたのは、シェイディ本人だった。

「ある種の判断力の低下――思考の単純化、極端化――そんなところらしいよ」

にやにや笑いながら言う。余裕があるようにも見える。といって自虐的という感じはない。

「特に自覚がある訳じゃないのか？　単に数値的に常人と違う、という程度の症状なのか」

伊佐は、相手が落ち着いているのでさらに訊いてみたが、これにシェイディは、

「自覚があるとかないとか、それがおまえと何の関係がある？」

と、やや絡むような口調で訊き返してきた。

「え？　いや、それは――」

「自覚があると言ったら、おまえは同情するのか。自覚がないと言ったら、可哀想なヤツだと見下すのか？」

抗議っぽいことを言うのだが、その間中ずっとにたにた笑っているのだ。

「………」

伊佐が反応に困っていると、コスモスが、

「まあ、そういうことだよ。この彼はペイパーカットと出会って、他人との付き合い方を消されてしまったらしい。いつもこうだよ。応答がどこかズレているんだ」

と言った。こっちも微笑んでいる。会話にこそなっているが、二人とも何かが欠落している。ふつうの人間同士のお喋《しゃべ》りとは思えない。

ここでシェイディが気味の悪い笑みを浮かべたまま、

「ズレているって思うのは、変な期待を持っているからで、その期待に添わないものは、すべて見下している――ひひひひっ」

と誰に向かってでもなく、科白《せりふ》を読み上げるように宙に向かって言った。

む、とコスモスがシェイディを睨んで、

「なんだ？　君のようなヤツに、私を品定めするだけの度量などあるのか？」

「度量を計るカップがあったとしても、どうせその底は抜けている――こぼれた後の汚れを見て、皆は偉いとか駄目とか言ってる。どうせもう、そいつは二度と戻らないのに。覆水盆《ふくすいぼん》に返らず――ひひひひっ」

「何を言っているのか、訳がわからんな。やはり元がゴミだと、どんなに特別な目に遭ってもゴミのままか」

吐き捨てるように言う。その言葉の荒さと口調の穏やかさのギャップに伊佐は少し戸惑った。

「ゴミ、って――そういう言い方はないだろう。どんな人間であっても」

つい反論してしまう。しかしこれにコスモスは呆れたような顔になり、

「なんだ、知らなかったのか？　こいつのことを。

君は過去に警官だったんだから、てっきり知っていると思っていたのに」

と妙なことを言い出した。伊佐は訝しげな顔になり、

「何の話だ?」

と訊いたら、これに背後から千条が、

「シェイディ氏こと数寄屋玲二《すきやれいじ》は、殺人の容疑で逮捕された過去がある」

と説明した。伊佐はぎょっとなって、思わず振り向いてしまう。

「なんだって? こいつが——数寄屋玲二なのか?」

その名前は決して一般には公開されなかったのだが、警察官の間には〝念のために〟ということで知らされていた。

それは三年前に女子高生を三人も殺した少年犯罪者の名前だ。しかし彼が社会的に大変な影響力のあるとある大企業の御曹司《おんぞうし》であり、単独犯で直接的な証拠も足りず、もし仮に犯人だったとしても薬物の濫用《らんよう》によって心神喪失状態だったと思われることから、逮捕しても結局、起訴にすら持っていけないまま、事件は曖昧《あいまい》にされてしまったのだった。

「あの殺人鬼の——」

ついそう言ってしまってから、その呼び方があまりにも一方的な決めつけだったので、すぐに口をつぐんだ。しかし言われたシェイディの方は、特に腹を立てた様子もなく、どんよりとした眼差《まなざ》しを伊佐に向けて、にたにた笑っているばかりだ。

「彼が起訴されなかったひとつの理由として、サーカム財団がその身元を完全に引き受けるから、という裏の事実が存在していた。司法取引ではないが、それに準じた措置《そち》で、彼の当時の保護者も納得した。関係者は誰も反対しなかった」

千条の淡々とした説明は続いていた。伊佐は半ば茫然としながらも、やがて呻くように、

「……被害者の遺族の方に、その報告はあったの

か？」

　と訊いた。だがこれに千条は冷たく、

「そういう記録は一切ないから、たぶん放置されたままだ」

　と言った。ここでコスモスが不思議そうに、

「君はずいぶんとおめでたいんだな。警察官が殺された人間の遺族のことをいちいち気にするのか？　君らにとっては、連中はうるさいクレーマーに類する者たちだろう？　捜査の邪魔ばかりして、そのくせ何の役にも立たない、というような」

　と言ってきた。伊佐は反射的に、この偉そうな男を睨みつけてしまう。

「おまえは──」

　言いかけた言葉は、しかしうまく形にできずに、中途半端なものとして途中でかすれてしまった。そして身体がふらついて、よろめいてしまう。杖の先が床に擦《こす》り付けられて、軋《きし》む音がした。コスモスはそんな伊佐をせせら笑うように見つめて、

「君がそんな風に、症状がもっとも深刻なのは、もしかすると性格の甘さに由来しているのかもな」

　訳知り顔で言われる。伊佐は倒れそうになったところで、後ろから千条がその襟首《えりくび》を摑まえて、乱暴に引き起こした。

「──離せ！」

　つい怒鳴《どな》ってしまう。別に千条に苛立っていたわけでもないのに。言われた方は無表情のまま、ぱっ、と簡単に手を離した。伊佐は壁に背中を預けて、姿勢を安定させようとする。しかし揺れているのは乱れた平衡感覚そのものなので、支えがあっても不安定さはさほど変わらない。

「俺が──甘いだと？」

　絞り出すように、なんとか文句を口にする。コスモスはうなずく。

「ああ。とんだ甘ちゃんだよ、君は。どうして君ごときが、ペイパーカット現象と遭遇して生き延びていられるのか、実に不思議だよ」

「それは関係ないだろう！　別に俺は――」

身を乗り出しかけて、また転びそうになる。なんとか耐える。

「それこそ自覚の問題じゃないのか？　ノーマル、君には自覚があるのか？　君はペイパーカットに見逃してもらえるような、そういう理由が自分に存在していると？」

「……そういうあんたはなんなんだ。そんなに自分が特別だと思っているのか。あんたが他の人と違うことってなんだ？」

「私に言わせれば、他の連中は軒並み堕落《だらく》しきっている」

コスモスは胸を張って言った。

「自分が世界にどのように関わるべきか、まったく考えようとしない怠《なま》け者どもばかりだよ。だからキャビネッセンスが、生命と同じだけの価値がある物が、どうでも良いようなくだらないガラクタになってしまうのだろう。あるいはペイパーカットは、そんな愚者たちに対して警鐘を鳴らしているのかも知れないな」

その言い方はあまりにも高圧的、かつ一方的だった。根拠らしい根拠もないのに、ひたすらに上から目線である。

（こいつは――）

伊佐は胸がむかむかしていた。それは気分が悪いというだけでなく、このコスモスという男が不快なのだった。

「その仮説には――」

千条がコスモスの話を受けて、言う。

「いくつかの綻《ほころ》びが見られるが、それらの指摘は今まで受けてこなかったのか？」

「おまえたちが中途半端な実験ばかりして回り道しているから、私の正しさまで辿り着けないんだよ」

コスモスは堂々とした態度を崩さない。千条が、

「しかし――」

と言いかけたところで、伊佐が強引に割り込ん

だ。

「正しさ、だと？」

その語気の荒さに、皆が彼の方を見る。伊佐は身体を壁から離して、一歩前に出る。

「おまえが考える正しさってなんだ？　誰も賛成しないのに、自分の正しさだけ主張して――それで通ると思っているのか？」

「ふふん――」

伊佐の怒声などまったく意に介さず、コスモスは平静に、

「世の中の大半は間違ったことで成り立っている。真実に近づこうとするなら、他の者の同意など求めていてはまったく前進できないぞ。衆愚《しゅうぐ》に付き合うのは無意味で無価値だ」

と答えた。それからまた冷笑を浮かべて、

「しかし思うに、君もこれまで相当にひどい目に遭ってきたはずなのに、まだそんなことを言っているんだな。君が正しいと信じてきたはずの警察だって、あっさり君を切り捨てて見放したんだろう？　世間的には最も〝正しい〟はずの官憲にさえ裏切られているのに、まったく信じがたい鈍さだな。それとも犬か、君は」

と言い放った。

「な……！」

伊佐は頭に血が上っているのを自覚していた。またあの感情の制御不良が生じているようだった。しかしそれでも抑《おさ》えることはできない。

「じゃ、じゃあ――じゃあおまえの正しさの根拠とやらはなんなんだ！　ただ、なんとなく自分が気に入るものだけか？」

「私の基盤は未来にしかないよ。今を犠牲にしても、きっと到達するであろう正義のために、私は努力しているんだ。このサーカムへの協力も、その一環に過ぎない。連中はまだ腐りきった権力と癒着した世界とは一線を画しているからな」

「何が正義だ。そんなことを言っているから、目の

前で人が死んでも、なんとも思わないような風に——」

伊佐としては、この言葉を今回の事件に於《お》けるVIPたちの態度について言っているつもりだった。だがこれを横で聞いていた千条が、そこで口を挟んできた。

「どうして君がそのことを知っているんだろう。このコスモス氏こと輪堂弘毅《りんどうひろたけ》が載っている手配資料のブラックリストは、君が所属していたような一般の警察には配付されていなかったはずだが。あってもせいぜい顔写真だけで、詳しい罪状までは触れられていなかっただろうに」

唐突に、意味不明の疑問を呈される。伊佐は虚を突かれて、え、と千条の方を見て、それからコスモスの方を見る。

彼はにやにやと不敵に笑っている。

「そうだな、いわゆる一般の国際指名手配とは訳が違う。テロリストの扱いってやつはデリケートで、公安にしか知らせていないことも多い——下手に知れ渡ると、そいつが裏の方でも有名になってしまって、さらに他の組織と手を組んでしまったりすることがあるからな」

「テロ——？」

伊佐が愕然《がくぜん》としているので、千条は首をわずかに横に傾けて、

「あれ、やっぱり知らなかったのか？　するとさっきの発言の意図がいまひとつ不明瞭になるが——偶然にしてはおかしくないか？」

と感情のない声で質問してきた。だが伊佐はそれに返事をする余裕がない。

「おまえは——テロリストなのか？　つまり、誰かを——人を」

「もちろん殺している。だからブラックリストに載っているんだ」

コスモスはまったく悪びれる様子もなく、即答した。

＊

輪堂弘毅が海外を渡り歩いて、その国々にあるさまざまな組織に関係した期間はかなり長い。彼の立ち位置はとても単純で、それはひたすらに〝現政権の打倒〟を主軸にしているグループに味方するというものだ。政治的主張や宗教的意思とはほぼ無関係で、とにかく一度は壊して、その後はその後でどうにかなる、というようなものだった。

彼が得意とするものの中には、自爆テロの幇助《ほうじょ》があった。爆薬の適切な量や起爆装置などの配列の仕方などを実行犯たちにレクチャーするのだ。要人暗殺などの標的を特定して攻撃しようとするのは効率が悪く、不特定多数の人間たちを無差別に殺傷する方が現体制の崩壊にとってはプラスになる、というのが彼の持論だった。彼のは成功率が高く、信頼度が高かった。確実に炸裂させて、的確に周囲を巻き込む。

そう——その日もまさしく、そのように設定した自爆実行者を送り出した後のことだった。

彼はほとんどの場合、現場そのものには近づかない。逮捕される危険を無駄に増やすだけだし、何より自分の〝作品〟に自信を持っていたからだ。

だがその日は、特殊な事情がいくつか重なっていた。彼が依頼を引き受けた組織が、すでに内部崩壊寸前で、性急に成果を欲していたことから、とにかく爆薬の量を増やしたがったのだ。それはリスクが高いといっても彼らは聞かなかった。やむなく言う通りにしたのだが、その時点で既に不協和音は流れていた。

輪堂は設定だけを終えて、いつものように自分はさっさと別のところに高飛びするつもりだった。地味な外見を利用して、ビジネスマンの偽装で移動するのがお決まりのパターンであった。

タクシーを捕まえて、空港に向かっている途中、渋滞に摑まった。あまり信号も整備されていない国なので、逆にいったん流れが停まってしまうと、いつまでも動かない。

「ちっ――」

しかたなく車をあきらめて、繁華街の路上に出たときである。

彼の視界に、つい数時間前まで彼と一緒にいた丈《たけ》長のコートを着込んだ少女の姿が目に入ってきた。

わからないはずがなかった。それは彼がその全身に爆薬をぐるぐると巻き付けた相手――自爆テロの実行者だったからだ。

(な――)

驚くと同時に、すぐに悟っていた。

彼に依頼したテロリストたちが、彼をもまた始末しようとしていることを。後をつけてきていて、彼が車から降りたところを狙う……そういう段取りなのだ、と。

(いかん……!)

彼はあわててその場から離れようとした。コート姿の少女の方は、彼がどこにいるのか見つけられないようで、きょろきょろとあたりを見回している。好都合だ。すぐに逃げよう――と思った、そのときだった。

少女に、一人の人間が近づいていくのが見えた。

それは奇妙な人物だった。ガリガリに痩《や》せて、眼ばかりが大きく飛び出したような顔の男だった。老《ふ》けて見えるが、しかしそいつがまだ十八歳だったことを輪堂は知っていた。

知っていた――そう、そいつのことを輪堂は知っている。しかしそいつは、その場にいるはずのない人間だった。

(あいつは――いや、そんな馬鹿な――)

その人は、輪堂弘毅が最初に殺した人物と同じ姿をしていた。それは彼が某組織に参加する際に、仲間であることを証明しろと言われて、処刑するように命じられたその相手だった。彼はほとんどためらうことなくその相手を射殺し、その顔さえ今の今まで忘れていた――しかしそいつが今、彼の近くに立っていた。

（いやあり得ない。そんなはずはない。あれは――誰だ……？）

一瞬、逃げることも忘れて、その場に立ちすくんでしまった。

そいつは、テロ実行者の少女の側に寄り、彼女になにかを見せて、その耳元で何事かを囁《ささや》いた。

そして、すぐに離れていく。少女の方には、その手元にはなにか白いものが残されている。

その白いものが風にさらわれて、宙に舞い上がった。ひらひら、と飛んできたそれを、輪堂は反射的に手に取ってしまう。それは紙切れだった。どこにでもあるような、ありふれたメモ用紙。

そこにはこう書かれていた。

〝これを見た者の、生命と同じだけの価値のあるものを盗む〟

――と。意味がまったくわからなかった。

なんなんだ、と顔を上げたとき――もう状況は終わっていた。

少女が路上に倒れていて、そのコートの裾が開いていた。心配して近寄った通行人が、すぐに彼女の身体にある爆弾に気づいて悲鳴を上げる。周囲の騒ぎがどんどん大きくなっていく。輪堂は焦って、逃げまどう人の群れの中になんとか紛れ込んで、その場から逃れた。後でわかったのだが、そのときにはもう少女は死んでいた。テロを行おうとした緊張に耐えきれずに心臓麻痺で倒れたのだろう、というのが公式発表だった。

あの紙切れも、逃げるときのどさくさで、どこかになくしてしまっていた――。

＊

「サーカム財団の連中が、どこでどう調べたのか——世界の裏側で潜伏していた私のところに話を聞きに来たのはそれから半年以上も経ってからのことだった。当然、最初は聞く耳など持たなかったが、彼らが既存の政治権力とは一線を画していることがわかったので、協力してやってもいいか、という気になったんだよ」

コスモスは傲慢な口調で言った。

「ううう……」

伊佐は何と言っていいのかわからなかった。この男のとんでもない邪悪さもあるが、それを平気で利用しようとするサーカム財団の底無しの執念にも圧倒されていた。ペイパーカットの謎を解くためならば、ほんとうに手段も善悪も一切問わないのだ——。

そして自分もまた、その中の一部に既に組み込まれてしまっている——世間一般から、どこかで決定的に切り離されている論理で動いている世界に引きずり込まれてしまっている……。

「他の者はいざ知らず、あるいはペイパーカットは私に関しては、この生命を救ったのかも知れないと思っている」

コスモスが一切悪びれる様子もなく、そう言った。

「ひひひっ」

シェイディが気味の悪い笑いを漏らし、千条雅人は再び真顔で、

「そのような仮説には先刻と同様にいくつもの論理の綻びがあるが、それをどのように補《おぎな》ってその結論に至ったのか、説明を求めたい」

と訊ねる。するとコスモスは当然だろう、という顔をして、

「私が世界の革命にとって必要な人間であると、ペ

イパーカットにはわかっているのだろう。だから私を助けたんだ。決まっているじゃないか。考えるまでもないことだ」

その自信に満ちた声を聞いていると、伊佐は胸の奥の不快感がどんどん高まっていくのがわかった。

異常に――腹が立ってしょうがない。

杖を握る手が、ぶるぶると震えている。可能であるなら、今すぐにでもこの場にいる連中を全員、ぶん殴りたくてたまらない。しかしもちろんそんなことはできない。今の伊佐は小学生よりも弱いし、そうでなくても――できるわけがない。

「――」

ただ無言で、相手を睨みつけるだけだ。そんな伊佐に、コスモスは、

「そういう意味では、ノーマル――君にも何らかの価値があるのかもな。ペイパーカットに選ばれた存在である可能性もある」

と言ってきた。伊佐の頭にますます血が上る。

「……なんだと？」

その声には隠しようのない怒気が、殺気がこもっていた。それを認識しながらも、コスモスはにやにや笑いを消さない。

「何の役に立つんだろうな、君は。想像もつかないが、きっと君の生命にもそれなりの使い道があるんだろう」

「……おまえが自爆させた子供たちは、その使い道に適《かな》っていたと言うのか？」

震える声で問う。コスモスは肩をすくめて、

「まあ正直なところ、当初の目的を達成したヤツは半分もいなかったよ。ほとんどは成果が上がらなかった。無駄死にだったな」

と軽い調子で言った。伊佐はもう我慢できなかった。

「この……！」

激昂《げっこう》して、飛び出しそうになったところで、当然のように転倒しかけて、そこを千条に乱暴に掴まれ

た。

「どうして君は、自分が正常には活動できないのだということをしばしば失念したような動作を繰り返すのだろうか」

無感動な声が、伊佐には自分を嘲笑《あざわら》っているように聞こえた。コスモスの方は特に笑いもせず、

「君自身はどう思っているんだ、ノーマル」

と静かに訊いてきた。

「自分の生命にはどんな価値が、他人との差があるのか――見当がつくか？」

「ふ、ふざけるな！　人の生命に差などあるものか！」

叫んだ声は力《りき》みすぎていて、裏返ってしまって却《かえ》って声量がない。コスモスは首を横に振り、

「あるんだよ、ノーマル。それも歴然と存在しているんだ。いや、むしろ人間というのは他と己《おのれ》がどれだけ違うのか、ということを証明するために血道を上げているんだ。そのくせ誰もまともに生命を使おうとしない。だから私は皆に代わって、生命の正しい使い方を示してやっているんだ」

まるで教師が生徒に説教しているような口調で言う。

「そのままだったら、単になんの意味もなく消えていくだけの生命。他にも溢《あふ》れ返っている一山いくらの平凡な人生。それを価値あるものに変えるのは、意志を持って生命を使って世界に関わろうとするときだけだ。それ以外にこの硬直しきって突破口を見失っている世界を再生させる道はない。このままでは我々は、それこそ〝0〟の字のように輪になっている道をいつまでもぐるぐると回り続けるだけなんだよ――」

3

「――で、何も言い返せなかったの？」

「口喧嘩に負けちゃったんですか、伊佐さん」

暗闇の中で、二人の女性の姿をした亡霊に責め立てられている。

「……そんなことはない」

「でも、反論できなかったんでしょ?」

「何も言い返せなかったんだ」

「そんなことはない! あいつは間違っていると、はっきり言ってやった!」

伊佐が怒鳴ると、亡霊たちはけらけら笑い出して、

「でも、相手は全然聞く耳持たなかったんでしょ。笑われちゃったんでしょ」

「納得させられなかったんだ、伊佐さん」

「あいつは——あんなヤツは……」

伊佐が口ごもると、亡霊たちはさらに、

「あんなヤツはどうせ人の話なんか聞かない、ですか?」

「話し合いを放棄ですか。どうせテロリストなんか人でなしなんだから、って」

「……努力はした」

伊佐の声は弱々しい。

「それって、なんのための努力ですか」

「コスモス氏を更生させるための努力ですか」

「それとも、相手の言葉を聞かないようにするための努力ですか」

伊佐は、ぎくりとして顔を上げた。

「……なんだと?」

「もしかして伊佐さん、相手の言葉に逆に説得されそうになっちゃってたりしませんでしたか?」

「もしかして、自分にはとんでもなく重要な価値があるんじゃないか、って、ついその気になりかけたりしませんでしたか?」

「う……」

伊佐は絶句してしまう。どう言い返せばいいのか、完全に見失ってしまう。そうではない、と言いたいのだが、しかしその根拠をどう説明したらいいのかわからない。

「生命と同じだけの価値があるもの、ってどうやったらわかるんでしょうね?」

「ペイパーカットは、どうやってそれを知ることができるのかしら?」

「そんなことを……言われても――」

弱々しく呟きつつ、伊佐はかつての自分の体験と、今まで聞いてきた話を頭の中で重ね合わせていた。

「どうやって知るのか、わかるはずもないが――だが」

ぐるぐると回るような気分の中で、伊佐はなんとかぼやけそうになる印象を必死で繋ぎとめようとする。

「だが――ペイパーカットが出現するのは、どうやらいつでも〝突然〟という感じらしい……何でそのタイミングで、というときにばかり現れているようだ。予告状も、見せたいのかどうかもはっきりしない、曖昧な置き方で、でもそれを犠牲者は必ず見ていて――生命と同じだけの価値のあるものはなにか、ということを一瞬でも考えて――自覚しているから――ああ、いや、だから……」

「いったい何が言いたいのか、自分でもわかっていないみたいね」

「近づいているのか、それとも迷走しているのか、自分でどっちだと思う?」

「……少し黙っていてくれないか」

伊佐がやや苛立った声を上げると、亡霊たちは素直に口をつぐんだ。本当に黙るとは思わなかったので、伊佐は彼女たちを見つめ返した。

するとふたつの影はそろってうなずいて、

「自分が迷路に入っていることを知っている者は、迷っているとは言わない――ただ、出口を探しているだけ」

「同じところを何度も行ったり来たりしているようで、それはいずれ辿り着く道を、ルートを見出すための第一歩」

彼女のたちの言葉に、伊佐は少し心に引っかかるものがあった。

「確か——同じようなことを、あのコスモスも言っていたな……〝O〟のように輪になっている道、とかなんとか——いったいなんのことだったんだ？」

伊佐は疑問を口にしたが、これに亡霊たちは何も応えなかった。

＊

……圧迫感で目が醒めた。

瞼《まぶた》を開けると、そこにはまたしても千条雅人が無表情な顔で立っている。

彼は、無言で伊佐の胸に手を当てて、じわり、と力を加え続けている。

「……何の真似だ？」

「君を起こしていた」

「……何で声を掛けなかった？」

「その方が良かったのか。この前の起こし方は適当ではなかったみたいだから、変更してみたのだったが、やはり不適切だったのか」

「……もしかして、俺で色々と試しているのか、あんたは」

「データを蓄積する必要がある。それは君に対してだけではないが、今の時点では君を相手にするときが最も効率的だ」

「……なんか、お気に入りにされたみたいだな。それとも俺が、なんだかんだいって一番あやしいからかな」

伊佐がそう言うと、千条は首を横に振って、

「それは今度の件では今ひとつ当てはまらないだろう。君の容疑は、それほど上位には来ない。何より僕自身が君の潔白の証人の一人になっているし」

と言った。胸を押さえられたまま、伊佐の身体がぎしっ、と強張った。

「……なん、だと？」

ひきつった声が口から漏れた。

「どういう意味だ……今度？　今度の件というのは……なんだ？」

訊いているときには、もう返事を予測できていた。すると千条は首を少し傾けて、

「君の鼓動からして、その質問は疑念ではなく確認のようだが――それは推理と判断していいのかな」

と訊き返してきた。そしてすぐに、

「死んだのはコスモスこと、輪堂弘毅だ。死因は頸《けい》骨《こつ》の骨折並びに窒息、いわゆる縊《い》死《し》だ」

と言った。

＊

発見されたときには天井からぶら下がっていた。必ず二人一組で行動するように、と徹底されていたのだが、鍵の掛かった個室で、皆が就寝した後に一人起き出してきて、そして首を吊ったらしい。

争った形跡はなし。死因となったもの以外に怪我らしい怪我もなし。遺書らしきものも見つかっていない。

「さて、困ったものだね」

ＬＬが妙に明るい口調で言った。

「状況からして、自殺と判断するしかないんだが、彼が死ぬような心当たりのある人はいないかな？」

「あるわけないでしょ――あいつが一番、くたばりそうもないツラしてたんだから」

マリオンが忌々《いまいま》しげに言った。

「誰だかわかんないけど、絶対に殺されたのよ、きっと。他に考えらんないじゃない」

彼女はちら、と伊佐の方を見た。伊佐はとっさに視線を逸《そ》らしてしまう。自分でも把握できない後ろめたさがあった。

確かに、昨日の対話でコスモスのことを激しく憎悪していたのは事実だ。あいつをどうにかしないと、という気持ちになっていたのは間違いない。

（だが――それで死ぬとなると……）

　自分の敵意が、彼を死に至らしめたような気分になってくる。今回は千条も言ったように誰も伊佐のことを疑う様子がないが、

（なんだか……俺自身が、俺を疑っているような感じがする……）

　容易にイメージできる……自分が部屋に忍び込んで、コスモスに睡眠薬を嗅《か》がせて、その身体を宙に吊るすところを。

　それは異様に生々しい感触で、相手の体温が手のひらに残っているかのようなリアリティがあった。

　背筋が寒くなる。

　昨日の怒りを思えば、伊佐にはそれぐらいの動機がある……少なくとも、それを完全には否定できない。

（俺は……殺したのか？）

　頭がくらくらする。

　まともに思考が働かない。杖を摑んでいる手が小刻みに震えている。

　そんな馬鹿な、という冷静な判断、そもそも伊佐の関与を示すものなど何もない、という事実がどこか遠いものに思える。それよりも伊佐の中にある実感、その方が重たいものとしてのしかかってくる。

　それより何より、記憶が曖昧だった。自分はコスモスと論争して、それから――どうなったのか。気がついたらまたベッドの中で寝ていたのだが……いや、その間に、

（あの亡霊たちと話をしていたのは……あれは夢なのか？）

　伊佐の分裂したもうひとつの人格が、あのような形で顕《あらわ》れているのだとしたら……あれが出ている間、伊佐は自分が何をしているのか自覚していないで、夢遊病のように勝手に行動しているのかも知れない。

　そう――そしてそのときは、眩暈さえもおさまってしまっているのではないだろうか。となると今ま

で考えられなかった色々な矛盾点のいくつかは解消されてしまうだろう……。

（どうなんだ……俺は）

伊佐が葛藤《かっとう》している間にも、緊急の会合はどんどん進行していき、

「うーん、結局はやっぱり、打つ手はないとしか言いようがないいんだなあ」

とLLが薄ら笑いさえ浮かべながら、困ったように話をまとめてしまう。そこでアダプタが挙手して、

「あのう、もしかしてコスモス氏が問題のスパイで、それが発覚しそうになったのを恐れて自決した、みたいな可能性ってないんですかね。そういう調査は進んでいなかったんですか」

と質問して、皆を見回した。しかし一同はそれぞれ首を横に振るだけだ。

「どうやらそういうのは、なかったみたいだねえ」

LLが軽い口調で結論付ける。アダプタはやや不満そうに、

「そうなんですかね——だって彼って、あれでしょ、テロリストだったんでしょ。非情の掟《おきて》、みたいなもんがあったんじゃないですかね。そう考えるとあれこれ辻褄《つじつま》とか合ったりしませんか？」

と食い下がる。するとマリオンが、ふん、と鼻を鳴らして、

「それは、ただあんたが安心したいだけでしょ。そういう話になれば、なんにも異常なことは起きていないってことになって、不安もおしまいになるから」

顔をしかめて言う。アダプタは苦笑して、

「僕は冷静な意見を言ったつもりだったんだけどな。それだとまるで僕が弱虫みたいな言い草だね」

「違うの？」

「ひどいなあ。なんか単なる悪口になってないか？それじゃ建設的な議論にならないよ」

「私たちは、どうせ最初から一歩も先に進んじゃい

ないのよ。何を建設してるっていうのよ、いったい？」

彼女は妙に攻撃的だった。

「病気も治らず、検査検査っていっているだけで時間をだらだらと潰しているだけじゃないの。なんの意味があるのよ、コレ？」

両手を大きく広げて、施設全体をコレ呼ばわりした。

ここでＬＬが、おほんおほん、とわざとらしい咳《せき》払《ばら》いをして、

「まあまあ、今はそういうディスカッションの席ではないので、ディベートはそのくらいにして」

呑気《のんき》そうな声に、マリオンは眉を寄せて、

「なんかあ、今回あんたたちスタッフ連中はどっか他人事《ひとごと》みたいにしてるけど、でも忘れたの？　最初の死人は医者と看護師だったのよ。もしこれがペイパーカットの仕業《しわざ》なのだとしたら、別にＶＩＰだけが標的って訳でもないんじゃないの？」

と他の者たちをじろじろと見回す。しかしその視線は常に動いていて、決して特定の誰かに停まったりしない。

誰とも眼を合わせない。

ＬＬはその大きな腹を揺すりながら、よっこらしょ、と立ち上がった。

「臨時ミーティングはここまでです。皆さん、持ち場に戻ってください」

がたがたと椅子が動いて皆が立ち上がっていく中で、少し離れたところに立っていたハンターは、じっと伊佐のことを見つめている。

「…………」

この男は、この話し合いの間中ずっと伊佐だけを見つめ続けている。観察している。

伊佐もその視線には気づいているが、しかしどう反応していいのかはわからない。疑われているのだとしても、今は自分の方がよっぽど伊佐俊一を疑っているのだから――と彼がうなだれていると、

「もしもし、元刑事のサングラス男さん？」

とマリオンが近寄ってきて、声を掛けてきた。彼が顔を上げると、もう彼女は視線を逸らしていて、あらぬ方を見ながら、

「ちょっとあんたに話があるんだけど。そう、ペイパーカットの話が」

と言ってきた。

CUT 5.
MARION

気づいた頃に手にしていたのは
役に立たないガラクタばかりで
——みなもと雫〈サンクチュアリ・ゼロ〉

1

「……あのコスモスという男には、どんな〝症状〟があったんだ？」

マリオンの個室に案内されて、伊佐はまずそう質問した。彼女は顎に手をあてて、ふむ、と鼻を鳴らして、

「とてもそんな風に、病気には見えなかったたって言いたいの？」

と訊き返してきた。伊佐はうなずく。

「少なくとも、俺には……あいつに何か弱みがあるようには感じられなかった」

「私も詳しく知ってる訳じゃないけど――つーか、そんな人間は本人も含めて世界中どこにもいなかったんだけど――コスモスの症状は、かなりはっきりしたものだったらしいわよ。簡単に言うと、あいつってば〝間違いを直せない〟って症状だったみたい。一度、何かを覚えてしまうと、後から〝あれは間違いでした〟って言われても、もうそれを修正できなかったたって話よ。機械の操作法とか、いったん間違えて覚えちゃったら、あとで正しいやり方をいくら教えても、まったくの無駄だった――って。だから誰もあいつとまともに話なんかしようとしなかったのよ。何言っても昔の自分の記憶の方が正しいんだとしか言わないから」

マリオンの言葉は、伊佐にとって衝撃的だった。

「そ、それはつまり――ああいう病気だった、というのか？　人の話を受け入れられない、っていう――」

伊佐が怯《ひる》んでいるのを嘲るように、マリオンは彼の方を見ずに笑った。

「まあ、この島に来たばかりだったあんたとあのハンター気取りの馬鹿だけは、なんかやたらと突っかかっていたみたいだけどね――無駄だったのよ、全部」

「そ、そんな——それじゃあ……」

「なんかショック受けちゃってるみたいだけどさあ。いいんじゃないの。どうせあいつって死んで当然の人間でしょ」

「………」

「しかしわからないのは、どうしてあんな風に自殺を装って殺される必要があるのか、ってことよ。どう思う？」

彼女に訊かれて、伊佐は少しびくっとなる。

「……殺されたのは、確実だと考えているのか？」

「そりゃあ、そうでしょうよ」

馬鹿じゃないの、といわんばかりのニュアンスの声を彼女は出した。

「でも、証拠は何も……」

伊佐が言いかけたところで、彼女は手を彼の顔の前にかざして、

「仮にコスモスが自分で縄を結んで、自分で首に掛けて、自分で下に飛び降りたとしても、それでもあいつは殺されているのよ。違う？」

と言った。伊佐は反論できなかった。

「……何者かがなんらかの影響力を行使した、それが元凶——か」

「そういうこと。問題にしなきゃならないのは、そのパワーって具体的になんなのか、ってこと。それだけが重要」

「あんたは、ペイパーカットがこの島に忍び込んでいると思うか？」

「そいつは正直、五分五分だと思う。いるかも知れないし、いないかも知れない。いなかったとしたら、その影響力はとんでもなく広いか、さもなきゃ過去のどこかでとっくの昔に〝感染〟させられていたのかのどっちかよ」

冷静な分析だった。伊佐はかすかに唸った。

「LLたちの調査が正しいのなら、後者ということになるな——」

「まあ、全然アテになんないけどね、あんなのは」

またしても辛辣《しんらつ》な調子である。伊佐はさすがに少し気になってきて、

「あんたは――その、前にサーカム財団の人たちとなにか揉《も》めたのか？」

つい訊いてしまった。これにマリオンは、特に怒った様子もなく、あっさりと、

「ないわよ、そんなもの」

と否定した。

「私が気にくわないのは、サーカムじゃなくて、世の中全部だから」

「え？」

「あっ、勘違いしないでね。コスモスみたいに自分が正しいとも思ってないから。あるべき姿にしなきゃ、とか全然考えてないから。単にイラついてんのよ、とにかく」

「……あんたは人形作家だった、という話だったが」

「ああ……その辺が特にムカついてることね」

「今はもうやっていないのか？　いや、もちろんサーカムに所属しているんだろうが――」

「いや、それは順番が逆。作家をやめたから、サーカムの誘いに乗ったのよ、私は」

「何かあったのか？　ペイパーカットに関係しているのか？」

「まあ、その辺の話はおいおいするとして――」

彼女はちら、と視線を横に向ける。

そこには、ここまで一言も発していなかった千条雅人が立っている。

「とにかく、ここにいる者たちは皆、ＬＬたちが今ひとつ信用できない、ということで意見が一致している――で、いいのよね。ロボット？」

「そうですね。僕も階級的にはＬＬ氏の下位ではありますが、直接の指令系統には属していませんし」

千条は無表情でうなずく。ここで伊佐は少し、おや、と思った。

（このマリオン――他の人間とは眼を合わせないの

に、千条とは平気で見つめ合えるんだな?)

といって当然、千条と仲良しという感じでは全然ない。むしろ冷たい。いったい彼女はどういう基準で他人を判別しているのか。

「私と組むように言われている看護師も、あと三十分と経《た》たない内に戻ってきてしまうから、何かをするならその間にやらないと。ノーマル、あんたってふつうはVIPには渡されていないIDカードをもらっているんでしょ?」

「ああ——」

伊佐は、どうして彼女がそれを知っているのかと思ったが、しかしなんとなく口答えをしにくい空気になっている。

「私、前から一度は行ってみたいって考えていたところがあるのよね——ここ〈アルバトロス〉に」

意味ありげなことを言う。すると千条が、

「それはまるでスパイのような発言ですね。あなたがサーカムに潜入している他組織の手先なんですか?」

と疑うにしてもストレートすぎる質問をした。マリオンは笑い出した。

「あんたの記憶回路にしっかりと容疑が刻まれちゃったみたいね。あとできちんと報告しときなさいよ。ただし——これから私たちが見つけるであろうことも一緒に、サーカムの本部に、ね」

その言葉に、伊佐は眉をひそめた。

「あんたは——何が狙いなんだ?」

「私は今の時点では手柄《てがら》を立てて、サーカムの本部に取り入ることを考えているわ」

あけすけに告白した。

「ここ〈アルバトロス〉内では不透明なことが進行している。それはサーカム財団にも内密にされている。それを暴いて、本部に直訴すれば——」

にやりと笑う。千条がうなずく。

「不透明なことが進行しているという点については同意します。あなたはどうです、伊佐俊一」

言われて、伊佐は困惑した。

「――いや、そうは言っても……」

自分からしたら、あんたらも充分に不透明なんだが、とはなかなか言いづらかった。

（もっとも――）

動きが取れなくなっている伊佐にとっては、こういう提案は少しでも風穴を開けたいという意味で、渡りに船ではある。

「他に道はある？」

マリオンが絡みつくように訊いてくる。伊佐はため息をついて、

「――ないな、確かに」

とうなずいた。

＊

そこは〝灯台〟と呼ばれているという。

名前だけで実際に灯台が建っている訳ではないが、いかにも灯台が建っていそうな島の縁の箇所に位置しているので、そう呼ばれるようになったのだという。

「そこは普段は、基本的に立入禁止の場所――他の建物から離れたところにあって、通路などでつながってもいない。完全に孤立している」

「そこには何があると？」

「今までの研究成果がバックアップされているということになっている――万が一の時のために、データだけを保管しているのだと。しかし私は、それがあやしいと見ているのよ」

三人は人通りのほとんどないルートを選んで、施設の裏口のひとつまでやって来た。

「外に出なければその場所には行けないのか？」

伊佐が訊くと、マリオンは憂鬱《ゆううつ》そうに、

「まあ、そこが面倒なところなんだけど――でも暴風雨のおかげで、目立たずに接近できるともいえる訳で」

「どうする、君はＩＤカードだけ渡して、どこかに隠れているか」

千条に提案されたが、伊佐は首を横に振る。

「いや――自分の眼で確認したい」

「もし歩行が困難であれば、僕が君を保持して移動するが」

「抱っこでもするってのか？」

「背負ってもいいが、その辺は要望に応じよう」

冗談のつもりで言ったら真顔で返事されたので、伊佐は面倒になって無視して、マリオンに、

「いつでもいいぞ――出発しよう」

と言った。彼女は扉のノブに手を掛けて、外に向かって開けようとした。だが向こうから強風に押されて、ほとんど動かない。

「うわ、こいつはまいった――」

彼女がぼやいたところで、横から千条が手を出してきて、

「手伝おう」

と、簡単にばっと開けてしまった。すごい力なのだろうが、そんな様子はまるでない。吹き込んでくる風も、長身の身体でほとんど遮《さえぎ》ってしまって、びくともしない。

体格的には、脳手術の前とほとんど変わらない細身のままなのに――伊佐はまた困惑させられることになったが、しかしその動揺も長くは続かなかった。

嵐の中に歩み出て、風雨にさらされると――伊佐は、あれほど苦しんでいた眩暈がたちまち消えてしまうのを感じた。

「こいつは――」

船の上で揺れまくっていたときと同じだった。常に強風で不安定に右に左に飛ばされそうになるのが、かえって心地よい。

杖を地面に突くこともなく、まっすぐに進んでいく。

「ち、ちょっと――？」

マリオンの訝しげな声が背後から聞こえてきた。

「どうしたの？　なんで急に元気に――」

「俺にもわからん――だが、どういう訳か、こういう厳しい環境の方が、今の俺には具合がいいんだ」

「興味深い症例だね」

扉を閉めた千条が、これまた伊佐よりも平然とした様子ですたすたとやって来て、伊佐を追い抜く。

「〝灯台〟の場所は、僕のメモリーの中に記録があるから、そのナビゲーションに従ってくれれば問題なく到着する」

先行するからついてこい、ということらしい。三人は暴風雨の中を慎重に進み始めた。

島のくせに、その土地はひたすらに平板《へいばん》で、起伏らしい起伏がほとんどない。

海に囲まれているから風は潮の香りが強いのは当然だが、そこに鉄臭いような味が混じっている。どこか血腥い。

（仮に――ペイパーカットがいるとして）

伊佐はサングラスから垂れる水滴越しに荒れた大地を見つめる。

（ここだと隠れる場所などない――たとえどんな姿に見えていたとしても、人によって違うイメージになったとしても〝あそこにいるヤツ〟で済む。捕まえるには最適のロケーションだが……逆に最適過ぎる）

罠《わな》であるにしても、罠っぽ過ぎる。もしペイパーカットがここに関心を示したとしたら、それはここにいる奴らに、ではなく――

（こういう罠を創《つく》ろうとする人間の方なんじゃないのか――？）

だとすると、それはドクトル・ワイツということになるのだろうが、彼女はもう死んでしまっている――その上でペイパーカットがまだ残っているのだとしたら――

（罠に掛かっているのは、俺たちの方なんじゃないのか――逃げ出せないで藻搔《もが》いているところを、どこかから観察しているのでは……)

そこまで考えて、伊佐はぎくりとした。

ペイパーカットがいる、と自分は感じているのか?

外に出た途端に、そういう感覚が突然湧いてきた——施設の中にいたときには、あんなに自分を疑っていたのに、今は——あの最初の遭遇の時のような、得体の知れないものがひたひたと迫ってきているような予感が全身を包んでいる……。

「………」

伊佐は〈アルバトロス〉施設の建物を振り返った。

意識していなかったが、はっきりと〝閉じこめられていた〟という感覚があったのがわかった。

それは裏を返せば、保護されていたということでもある。しかし今、過酷な外界に晒《さら》されると、神経がふたたび研《と》ぎ澄まされてくるのがわかる。頼るものは何もない、という事実が実感としてのしかかってくる。

ぶるるっ……と身震いが自然に起きていた。それは寒気でも悪寒《おかん》でもなかった。

伊佐は自覚していなかったが、それは紛れもなく——武者震いだった。

このときに伊佐俊一は初めて、自分が〝敵〟と対《たい》峙《じ》していると感じていたのである。

2

問題の〝灯台〟は外見では何もないとしか思えない場所にあった。

入口が地下につながる抉《えぐ》れたスロープの先にあって、見回しただけでは絶対にその位置がわからないようになっている。もちろん人工衛星からの撮影でもわからないだろう。

「確かに何かを隠している疑いのある作りだ。しかしそれを言うなら、この〈アルバトロス〉自体がそういう施設ではあるんだろうから、取り立てて不自然でもないのか」

千条が独《ひと》り言《ごと》のように、状況分析を行う。マリオンが扉近辺を確認して、

「ノーマル、ここにIDカードをあてて」

と指示してきた。伊佐はLLに借りているカードをその識別器にかけた。

扉はあっさりと、がちゃり、とロックが解けた。

伊佐が開けようとしたら、かなり重かった。千条が横から手を貸す。

ぎぎぎ……という鈍い音を立てつつ、その扉は開かれた。

中は真っ暗だった。

ひたすらに長い通路が、えんえんと向こうへ続いている。先は真っ暗で、何も見えない。

「ずいぶんと長い間、開放されていなかったようだが――ロックが正常だったから、電気は通っているのだろうが。照明を点けられるかな」

千条がひとり、先に暗闇の奥へと進んでいく。

残念ながら、室内に入るとまた伊佐の眩暈も戻ってきてしまう。しかしいったん研ぎ澄まされた緊張感の方は弛緩《しかん》することなく、持続し続ける。

「いったい何があると思うんだ？」

マリオンに訊いてみる。

「――」

彼女は一瞬、唇を噛みしめるような表情をして、それから、

「行ったことある？　カンボジアの寺院とか」

唐突に訊いてきた。

「――は？」

「カタコンベとか――まあ、ニュアンスはだいぶ違うけど、アウシュビッツの記念館とか――」

言いながら、彼女も千条の後をついて歩き出す。

「お、おい――」

「ここには、サーカム財団が世界から隠しつつ、暴き立てようとしているものが両方ともに存在してい

る――ペイパーカットに近づこうとすることが、どういうことを意味しているのか……その形がある」

回廊を先に進んでいってしまう彼女の後ろ姿は、すぐに暗がりに紛れて見えなくなってしまう。

暗い上にサングラスも掛けている伊佐は、本当に視界がほとんどない。盲目同然で、壁に手をつきながら二人の足音を追って歩いていく。

妙に寒い。

入口はあえて閉めないで、開けっ放しで来ているので、冷気は奥の方から来ていることになる。

外の風は角度の問題で直接入ってこないが、轟音は響いてくる。その騒音もしかし、一歩一歩進んでいくごとに、どんどん遠くなっていく。

静かになっていく。

そうやって闇の奥に向かっていくと、やがて彼方《かなた》から、ぎぎぎい――という鈍い音が響いてきた。ふたたび扉が開かれる音だ。千条が開けたのだろうか？


（しかし、ロックはしてなかったのか？）

ＩＤカードはまだ伊佐の胸の上でぶら下がったままだ。

数秒、経過して――伊佐の身体中の皮膚という皮膚が鳥肌に変わった。

凄まじい低温が、彼の全身を包んでいた。

暗闇の向こうから押し寄せてくる圧倒的な冷気が伊佐をまるで真冬の雪山に放り込んだような状態にしていた。ぶわわっ、と目の前にぼんやりとした白いものが現れたので何かと思ったら、それは彼の息なのだった。背後からのわずかな光で吐く息が白くなっているのが見えたのだった。

「な、なんだ――なんでこんなに、寒い――？」

焦りつつも、さらに伊佐はできるだけ足を速めて、扉が開いた方へ進んでいく。

ごととん、という何かがぶつかるような物音が聞こえてきた。

「何かあったのか？」

呼びかけてみるが、返事がない。人の気配を感じようにも、空気のあまりの冷たさに感覚が痺れてしまっている。

「おい、どうしたんだ？　いったいどうなってて——」

さらに早足で前進していた伊佐の足が、なにかに躓《つまず》いた。

よろけて、倒れそうになる。手を伸ばして壁につこうとして、その壁がもうそこにはなかった。

いつのまにか、広い空間に出ていた。

伸ばした手が、冷たい台のようなものの上に触れる。そこに力が入りかけて、ぐにゃり、という異様な感触があり、

「……っ！」

と反射的に飛び退《の》く。転びそうになるが、そこはぎりぎりで耐えた。

「い、今の感触は——」

それを、伊佐は知っていた。

警察官時代に、何度かそれに触れてしまう機会があった。鑑識の調査が終わった後で、搬送を手伝わされたこともある——その軟らかくて、微妙に反撥《はんぱつ》がなくなってしまっている、その皮膚の凹《へこ》みを知っている……。

伊佐はサングラスを毟り取った。保護しなければならない、という節度など吹っ飛んでしまっていた。

薄明かりだが、それでも周囲の光景がぼんやりと見えてくる。

そこには無数の台が並んでいて、その上にすべて横たわっていた。

死体。

老若男女問わず、大小様々な人々の遺体。損傷があるもの、ないもの、たくさんのバリエーションのあるそれらが数十——いや百以上はあった。整然と整理されて、並べられている……。

「こ、こいつは……!?」

伊佐が声を上げると、その背後からマリオンの声が聞こえてきた。

「まるでマグロの冷凍庫よね。そう思わない？　肉だったら吊るして置くから、ちょっとイメージ違うしさあ——」

振り向くと、彼女は平然とした顔をしている。明らかに、ここにこういうものがあることを知っていた。

「な、なんだここは——遺体安置所なのか？」

「つーか、保管庫、よ。引き取り手を待っていないから、ここの死体たちは」

肩をすくめて言う。

「この寒さ——ちょうどいいらしいわ。凍結することなく、といって腐敗することもない、絶妙な温度なんだって。ま、それでもいつかは腐ってしまうんだろうけど」

「だから——なんなんだこいつは！」

大声を上げてしまう。対してマリオンは静かに落ち着いて、

「サーカム財団が、どうして生命保険業務に力を入れているのか、その理由のひとつがこれ。処分に困っている遺体を引き受けると称して、ここに運んでくる——この死体たちと私たちと、いったい何が違っているのかを調べるために。そう——生者と死者と、何が両者を分けているのか知るために。ペイパーカットがいったい何を奪っているのか、それを突きとめるための努力の、そのための研究の材料として」

淡々とした声が、冷え切った室内に茫洋《ぼうよう》と響いていく。

「こ、こんな——こんなことが……」

「見るとショック？　やっぱり」

「当たり前だろう！」

伊佐は怒鳴ってしまった。しかしマリオンの方は穏やかな顔のまま、

「私は、そうでもない——むしろ落ち着くくらい」

と言った。そして死体を見おろす。その眼差しがなんとも優しげなので、伊佐は戸惑った。少なくともそんな眼を彼女は他の人間たちには一度も向けたことがなかった。

「……?」

「これはもう人間ではない。人のかたちはしているけど、もうこれには人間にある半端《はんぱ》で歪《いびつ》なものがない——」

彼女はどこか、遠い眼をしている——。

*

マリオンこと三田村貴子《みたむらたかこ》は、華《はな》やかな家庭に生まれた。父は大手レストランチェーンを経営し、母親は女優だった。子供の頃から、彼女は大勢の人間たちに囲まれて育った。いつだって彼女は周囲からちやほやされていた。

母親に似ている彼女は幼少の頃からとても可愛いと褒められ続けた。あまりにも言われたため、彼女は逆に可愛いということがどういうことなのか、よくわからなくなってしまった。同級生たちが「あーコレ可愛いー」とはしゃぐものが、いったい何が魅力的なのかピンと来なかった。

だから彼女はいつでも、いったん保留して他人の反応を見てから動くようになった。ただし、単にトロいヤツと思われるのは嫌だったので、あえてお高くとまっているキャラクターを演じた。

「どう思うのよ?」

と他人にさりげなく訊き続けるには、偉そうな方がやりやすかったのだ。普通だったらそんな子供は途中で友達に嫌われたり、注意されたりして反省して、自分なりの判断基準を作り上げていくのだろうが、彼女は困ったことにその機会についに出会うことがなかった。なんで皆はこれを良いと思うのだろうか、その理由がわからないまま、彼女はその美しさと富裕さを称える賛美者の中で、実はなんにもわかっていないことがバレるのではないかと、びくびくしながら成長していった。他人の眼を見られない癖は、この頃から既にあった。眼を覗き込まれると、何もかも見抜かれてしまうのではないかという不安が消えなかったのだ。

そんな彼女が唯一、なんとなくホッとする相手というのは、お人形さんだった。

映画の撮影で海外に出ていた母親が外国のアンティークの木製人形をおみやげにもらってきたことがあって、しかしそのとき母は、

「なんか気味が悪いのよね、これ――変に可愛くなくて、なんか良からぬことを考えていそうだわ」

と高価な人形に対して嫌悪を露《あら》わにした。

その鼻の長い木製人形の良し悪《あ》しは当然、貴子にはまったくわからなかったが、母が嫌ったというその一点だけで、なんとなくその人形に親近感を持った。

(この子は〝バレてる〟――もう人に嫌われちゃってる)

そんな気がした。そう考えると、なんだかその人形がとても不器用で、それ故に純粋で好ましいものに思えた。彼女はそれを母からもらって自分の部屋に飾っておいた。

友達が来て、なんか怖い、とか言われる度《たび》に「でも高級品なの」とか口では言いながら、内心ではこの子の素晴らしさがわかるのは自分だけ、みたいな変な優越感に浸っていた。

そんなある日、彼女の家にテレビ局が取材に来た際に、彼女の人形も撮影された。それを見た鑑定士が絶賛し、すごく良いものです、と褒め称えた。

そのときはなんとも思わなかったが、その後で友達から「あのテレビで紹介されたの一回見せて」と言われるようになってから、何かが急に苛立たしくなってきた。

鑑定士の方には敵意を持たなかったのに、友達には腹が立って仕方がなかった。

それ以来、人形は奥の方にしまい込んでしまった。もう部屋に飾ったりしなくなった。それっきり忘れた、みたいな顔で過ごした。

そして何年も経った後で、彼女は美術の授業で彫《ちょう》塑《そ》をやらされる機会があった。何でも良いから作ってみなさい、といわれて粘土を前にして、彼女の手は自然と動いていた。

出来上がったのはあの鼻の長い木製人形を、リアルな人間に変えたような代物《しろもの》だった。

異様な迫力のある造形に美術教師は驚き、あなたには才能がある、と言い出した。貴子はちょうどその頃、将来の希望は何かみたいなことを決めなければならない時期に来ていたので、こういうのを作る人、みたいなことにした。

美術界に於《お》いて成功するもっとも手っ取り早い方法は、如何《いか》に有力なコネを持っているか、ということであり、その点では貴子はまったく困らなかった。

大学に在学中から、彼女はもう親の金で個展を開いていた。その内のいくつかが高値で売れたりしたので、数年を経ずして彼女は立派な芸術家——人形作家になっていた。

しかし彼女は、そうやって自分が創っている人形が全然好きではなかった。

ぜんぶ、偽物のような気がした。

アトリエに並んでいる自作の人形たちは、すべてうつろな表情をしている。しかし時々、彼女は訪ねてくる人間たちの方がもっとうつろな顔をしているような、そんな気がしてならないことがよくあった。

自分は他人の顔色をうかがって、それで物事の良し悪しを判断している——しかしそうやって横目でちらちらと観察していると、人間たちの方こそ、周囲の反応を待っている中途半端な顔をしている。

人形には、その中途半端さはない。どんなに出来の悪い人形でも、そこには人間につきまとう躊躇いだけは存在しない——。

インタビューなどを受けても、そんなことを適当にぼやかしながら話していたら、なんだか変わっていて魅力的だと勝手に解釈されて、彼女には妙なカリスマ性まで生じ始めていた。

なんだか、すごくイライラさせられた。

全然実感のないことで、人々が意味もなく騒いでいる——彼女自身はなにが良いものなのかさえ、いっこうにピンと来ていないままなのに——。

(なんだか——すごく馬鹿馬鹿しいわ)

彼女の名声もかなり高まってきて、今度はニューヨークでも個展を開こうかという話が持ち上がった。

そこで彼女の前に現れたのは、幼い日に彼女の木製人形を絶賛した、あの鑑定士だった。テレビで喋っているだけのタレントかと思っていたが、実際に美術品の取引やオークションのプロデュースなども行っているのだという。


「昔、君の持っていた人形を番組で鑑定したことがあるんだけど、覚えているかい」

「いえ——そうでしたっけ」

彼女がとぼけると、彼は笑って、

「まあ、無理もないか。いや実はね、あのときは演出の流れで、君の家を褒めまくらなきゃならなかったから、人形も本物だって言ったんだけど……実はあれ、偽物だよ」

と言った。

「………………」

貴子が無言で、特に反応しないのを見て、男はさらに軽い調子で、

「顔の造形がぞんざいだったから、すぐにわかったよ。お母さんがもらったものなんだっけ。騙《だま》されたんだろうねえ。でも君はあんまり喜んでいなかったみたいだから、もしかして、見抜いていたのかな?」

「………………」

「君のようなセンスのある芸術家を前にして、軽率《けいそつ》な行動だったね、あれは。覚えていないならいいんだけど、一応、僕の気がすまないから謝らせてもらうよ」

「…………」

貴子は、目の前で喋っている男はなんなのだろう、と思った。

この男が正しいと思っていることは全部、間違っている。

しかしこんなヤツに褒められる自分は、もっともっと間違っていることになる。

(あの子は……)

あれから一度も出していない人形のことを思った。

あの子も間違いなのだろうか。つまらない偽物なのだろうか。

あの子を前にしたときの、あの奇妙な安らぎ――あれだけが、彼女のこれまでの空虚な人生の中で、唯一の宝だったのではないか……そんな気がした。

少なくとも、彼女がたくさん作り散らした人形なんかよりも、ずっとずっと本物のような気がしてならない――。

「私は――」

彼女は何か言おうとした。

そのときふと、何気なく、男の右手の薬指に塡《は》まっている指輪に気づいた。

妙にボロボロで、みすぼらしい――他の指にはもっときらびやかな指輪があるので、そのひとつだけしょぼい指輪が妙に目についた。

「ん――」

彼女の視線はつねに、ふらふらと動いていることが多いので、男の方もそれが停止していることに気づいて、その先に自分の指輪があることを悟った。

「あ、ああ――これ？　別に大したもんじゃないんだ――ちょっとした思い出の品って感じで、特に深い意味があるわけじゃない。そんなに目立たないだろう？」

妙に動揺している。しかもそれを隠そうとしている。

「あ、いや——」

彼女は他人にそんなに踏み込みたくない。答えてもらいたいのではない——と言おうとして、しかし、そうでもないことに自分でも驚いていた。

なんだかそれが、ひどく気になる——。

ずっと見つめていると、男はため息混じりに、

「実は、結婚指輪なんだ——ただし別れた妻との物だが。なんだか捨てられなくてね。あの頃は貧乏な画家志望の若者の一人に過ぎなかったから、とても高価な指輪など揃《そろ》えられなくて——すぐに結婚生活は破綻《はたん》したよ。だからいい想い出って訳でもないいんだけど、なんだろうね——君にもそういう物はないか？」

と告白した。

「…………」

彼女は何も言えなかった。そうしてうやむやの内に初対面のミーティングは終わり、次の日には彼女たちはニューヨークに向かう飛行機に乗るために空港に行った。

荷物の大半は先に送ってしまっているので、二人とも軽装である。ぺらぺらと陽気に喋りながら前を歩いていた男の上着の裾から、なにかが落ちた。メモ用紙のようだった。

彼女はそれを何気なく拾い上げて、そして眉をひそめた。

〝これを見た者の、生命と同じだけの価値のあるものを盗む〟

そう書かれていた。なんのことだかさっぱりわからない。

「あのう——これ、なんです？」

と彼女が訊ねると、鑑定士の男は、ん、と振り向

いて、

「ああ――なんか知らないけど、カバンに入っていたんだ。君が入れたものじゃないよね？」

「何で私が――」

と文句を言おうとしたところで、彼女は奇妙な者を見た。

空港の、大勢の人が行き交う広い通路――その流れの中に、ひとつの人影が混じっていた。

ひどく見覚えのある顔だった。知っている。絶対に知っている。すごく馴染《なじ》み深くて、しかし面と向かって会うこともあり得ない、その顔は――

（あれって……わたし……？）

三田村貴子とまったく同じ姿をした人影が、こっちの方に向かって、歩いてくる――。

しかしその貴子は、貴子とは決定的に違っている ことがあって、それは――そいつは顔をまっすぐに上げて、人のことを正面から見つめてきて、決して眼を逸らしたりしない、ということだった。

こっちに直進してくる――。

（あ、あああ――？）

彼女は混乱して、その場に立ちすくんでしまう。

その彼女を見て、鑑定士の男もそっちの方を見て、ぽかん、とした顔になる。

「君は――」

その人影を見て、彼は呟いた。

「まさかそんな、君は――」

貴子は、彼が見ているのが自分と同じ姿ではないことを、ここで悟った。

「ち、違う、違うんだ――僕は、決して……」

彼は両手をいやいやするように振り回して、後ずさりしてその接近してくる人影から逃げようとした。

「君を見捨てた訳じゃない……違う、違うよ……君が死ぬってはっきり知ってた訳じゃないんだ――」

弁解するように、懇願するように呻いている。その言葉の意味するものは、この男はかつて、病気か何かで死にかけている妻を見捨てて離婚して、色々な面倒を避けた過去があった、というようなものであろうか——その言われている相手の方は、

「………」

無言で、まっすぐにこっちにやって来る。

「来るな、来るな、来るな——」

男が両手を突きだして、必死で押し止めようとする。人影はすぐ目の前にまで迫ってきて、そして——通り過ぎた。

（え——？）

貴子は思わず振り返った。

だが、その視界にはもう、それらしい姿はどこにも見つからなかった。

人はたくさんいて、その中に埋没してしまっていて、見分けがつかなくなっていた。

「え……？」

なんだったんだ、今のは……と、彼女が顔を戻したとき、そこに立っていた鑑定士の男はもう、床にくずおれていた。

糸の切れてしまった操り人形のように、その場に落ちてしまっていて、そして——二度と動かない。

その手からは、今の今まで塡っていたはずの、右手の薬指の指輪だけがなくなっていた。

「………」

貴子は、ぼんやりと男のことを見おろしていた。

男の見開かれたままの眼が、彼女にまっすぐに向いていたが、もう彼女は視線を逸らそうという気がまったくしなくなっていた。

＊

「——だから私は、死体が怖くない。彼らは皆に怖がられて、嫌われて——私のことを脅《おど》かさないから」

マリオンは静かに話を終えた。

「——う」

伊佐はまた眩暈がひどくなっていくのを感じていた。

くらくらと来て、よろめいた。するとそのとき、扉の外から、がたん、という少し大きな物音が響いてきた。

はっ、と我に返る。

「――そうだ……千条？」

先に行ったはずの、あの男の姿はここにはない。彼はどこに行ったのか。

伊佐は、遺体保管庫から通路に戻る。さっきは暗かった上にサングラスを掛けていたので気づかなかったが、道が横にも続いていて、別の部屋につながっていた。

扉が開いていて、そこから光が漏れだしていた。

伊佐はその光の方に向かった。

そこはさっきの保管庫に比べるとかなり狭いスペースだったが、それで充分な広さの倉庫だった。

今度は棚がいくつも並んで、そこに品物がしまわれているだけの普通の倉庫だ。とりたてて奇異な物はなさそうだったが、しかしそこにある物はなんだか雑多で、統一感がない。

そして、そのすべてにコメントとナンバーの書かれたタグがくっついている。あきらかに分類されている。

腕時計もあれば、宝石もあり、割れた壺もある。車のハンドルだけが外されて置かれていたりもする。鍵束があるのも、別にこの施設のどこかの鍵というのではなく、もはや開ける錠前のないものなのだろうか。

「これは……？」

伊佐は倉庫の中を進んでいった。そして、その中に思い当たる節《ふし》のある物を見つけた。

「人形……？」

さっき話に聞かされたばかりの、鼻の長い木製人形がちょこん、と棚の上に置かれていた。確かに少しオバケのような雰囲気もあるが、伊佐にはそれほど気味悪く見えなかった。鼻が長いところをみると、これはもしかしてピノキオなのではないだろうか——と伊佐が手を伸ばしかけたところで、彼はその上の棚に置かれているひとつの物に気づいた。

少しどきりとする。それは、こんなところにそう気楽に置いておいて良い物ではなかった。基本的にそれが外部に保管されることなどは法律で禁止されているもので、所持者ですら自宅などに持ち帰ることさえ許されず、仕事の終了と同時にいちいち返却しなければならない物なのだ。

「なんでこんなところに、警察手帳が——？」

映画撮影用のレプリカであろうか、と伊佐はそれを手にして、開いてみた。

ぎしっ、と顔が強張った。ぐっ、という呻き声が喉から洩れていた。

そこに貼られている写真は、去年の伊佐俊一自身のものだった——彼の身分証明だ。

「なんで……こんなものがある……？」

ひっくり返してみる。間違いない。裏面に擦《こす》れた傷があった。それは彼が転んだときについた傷だ。偽物だとしても、そんなところまで忠実に再現するだろうか。いったいこれは——と考えて、そして気づいた。

「まさか——ここにあるのは……」

周囲を見回す。

ここにあるのは、その品物自体が問題なのではない——誰が持っていたか、ということが重要なのだ。

別に伊佐にとって、警察手帳はもはや大して意味はない。だが彼の過去を知っている者からしたら、それは深い意味があってもおかしくないと判断しそうな代物である。そして、あのピノキオ人形も——。

眼を移すと、そこにはいつのまにかマリオンが来ていて、人形を胸に抱きかかえている。彼女はうなずいて、

「そうね――ここはきっと〝仮〟キャビネッセンスを集めた場所なんでしょうね。私たちを調査して、キャビネッセンスではないかと思われる物を片っ端から収集している――」

と言った。

伊佐は思わず呻いてしまった。

「……馬鹿げている」

「俺は、こんな警察手帳なんかどこに行ったのかさえ気にしてなかったぞ。考えていたとしても、入院していたときに警察に返されて処分されたんだろう、としか思わなかったはずだ……なんでそれが、俺の生命と同じだけの価値がある物なんだ？」

「じゃあ、あなたはどう思うの？　ペイパーカットはどんな基準でキャビネッセンスを選択しているのだと？」

「…………」

伊佐は答えられなかったが、それでも周囲の品物を見回しながら、さらに不快そうに、

「……俺たちはきっと、とんでもない的外れなことをしている――こんなことではないんだろう、たぶん……次元が違っている」

と絞り出すように言った。するとそのとき、いきなり背後から、

「――でもサーカムはそれが有効だと思っているんだよね？」

という声が聞こえてきた。

え、と後ろを向こうとしたところで、伊佐の首筋に突然、衝撃が走った。

全身を貫かれる――自由が一瞬で利《き》かなくなり、棚にぶつかりながら転倒する。

身体が回ったところで、そいつが見えた……手に、電磁式のスタンガンを持っている男が。

アダプタだった。

伊佐の視界の中で、ヤツはすぐにマリオンの首にも凶器を押し当てて、彼女を動かなくしてしまう。

彼女はピノキオ人形を胸に抱えたまま、その身体は

伊佐とは逆方向に倒れていって、激しく頭を床にぶつけた。

(う……⁉)

伊佐は痙攣しながらも、身体をなんとかよじって動こうとした。痺れている身体の感覚を戻そうとした。

「あれ?」

それを見て、アダプタは不思議そうな顔になった。

「何で意識があるんだ? 心停止するのに充分な量の電撃を喰らわしたはずなのに」

そう言いながら、伊佐の方にふたたび近寄ってくる。

「まさか電池の残量が足りなかったとかいうオチ? しょうがないいな、ではもう一発」

懐から新しいスタンガンをもうひとつ出して、伊佐の方に迫ってくる。

「き、きさまは……?」

伊佐は必死で後ずさりながら、アダプタを睨み返した。

するとアダプタはにっこりと笑って、

「いやあ、だから僕がスパイだったんだよ、簡単な話だろう?」

と言った。

3

アダプタこと向居智史《むかいさとし》はかつて、絶体絶命の窮地に追い込まれた。

大学生ながらに起業家として、それなりに成功を収めつつあり、さあこれから人脈を広げていこうかというところで——その前に壁が現れた。

パーティー用にと集めてきた女の一人が、彼の部屋で急死したのだ。女はどうやら未成年らしく、しかも違法薬物などをやっていた可能性もある。言い逃れをしても、智史が未成年者を死に至らしめた責任を取らされるのは避けられそうになかった。

　これで自分の人生もおしまいか——と絶望しかけたところで、智史は知り合いの警視庁キャリアが言っていた言葉を思い出した。

「もし君の周《まわ》りで人が不審な死に方をしたときに、その周囲に奇妙な紙切れがあったら、それを拾っておいてくれ」

　なんのことだろう、とそのときは思ったが、こうなってはそこにしか救いはなさそうだった。

　さすがに知り合いとはいえ、そのキャリア本人に知らせるのは、相手が警察だけにためらわれた。だがそのとき、彼と一緒にいたのがサーカム保険の関係者で、しかも相当に二人は話し込んでいたのを思い出した。

（外人で——確かソーントンとかいう名前で——）

　名刺をもらっていたことを思い出し、必死でそれを探し出した。そして——彼はなんでもないような、証拠になりそうもないありふれたコピー用紙を適当な大きさに切って、そこに文章を書き込んだ。

〝これを見た者の、生命と同じだけの価値のあるものを盗む〟

　意味などまったく知らないが、とにかくそれに気をつけろと言われた文章だった。そうやって準備を終えた彼はサーカム保険に連絡を取った。そこで、他に誰だかよくわからない人物を見なかったかと訊かれたので、

「見ました見ました。でも不思議なことに、そいつの姿は僕にしか見えていなかったようです」

と嘘八百を並べ立てた。一時間と経たずにサーカム財団の研究者らしきチームが彼の部屋に押し掛けてきて、死体を回収し、彼がでっちあげた紙切れをビニール袋の中に保存するようにしまいこんだ。大笑いしたくなる衝動に耐えながら、智史は研究者たちに、これっていったいなんなんですか、とできるだけ神妙な顔で訊いてみた。すると研究者は、

「……協力には感謝するが、その分、君はこれから

知らなくてもいいことを知ることになるだろう」

と言った。そうしてペイパーカットの研究に協力するように依頼された。とても断れる空気ではなかったので引き受けたが、すぐに後悔した。

確かに刑務所には行かなくてすんだが、あらゆる行動をサーカムに干渉されるようになってしまったのだ。しかも彼には嘘をついているという後ろめたさもある。そんなときに、彼にこっそりと接触して来たのは、サーカム財団と対立している別の組織だった——。

*

「——それで、僕はスパイになったんですよ。こいつはやむを得ないことであり、かつ純然たるビジネスでもありますね」

アダプタは妙に人なつっこく見える笑顔を浮かべながら、伊佐の方に迫ってくる。

「実のところ、僕はあなたがサーカム財団の研究に対して懐疑的な発言をしていたとき、心の中で大いに賛同していたんです。だって連中は、僕のついたつまらない嘘さえ見抜けずに、僕の書いた予告状を後生大事に研究している有様《ありさま》ですから。でも僕があなたと違う点は、僕はサーカムの愚かさに苛立ったりしない——それを逆手にとって利用するところです」

「ぐ、ぐぐ——」

伊佐は後ずさりながら、周囲を見回した。そして倉庫の少し離れたところに倒れている人影を見つけた。

千条雅人だった。

さっき、こっちの方から聞こえてきた物音は、アダプタによって千条が倒される音だったのか、と伊佐は理解した。

「ああ、あっちは簡単でした。なんですか、頭の中に機械が入っているんでしょ？　電気ショックには当然、とても弱いですよね。後ろからこっそり近づいて、ばちっ、一発でくたばりましたよ」

アダプタは陽気に笑った。屈託がまったく感じられない。

「で、あなたたちも同様になっていただきましょうか。サーカムが集めた仮のキャビネッセンスとやらがなくなっていて、心臓麻痺で死んでいる者がいたら、ここの連中は大して疑うこともなく、ペイパーカットの仕業かも、と思ってくれますからね——」

「……貴様は——」

伊佐は床に手をついて、立ち上がろうとして、滑って背中を激しく打った。

「あーあ、駄目ですね。冷静さを欠いているようですね。まあ、だからこんなところにまで来てしまうんですが。あなた、なんのためにアルバトロスに来たんですか?」

そう言いながら、アダプタはスタンガンを伊佐めがけて突き出してきた。

伊佐はとっさに動いていた。

ずっとじたばたしていたのは、実際に動きが取れないのも事実だったが——それ以上に、腕ばかり動かしていたのは、相手の注意をそっちに向けさせるためだった。

彼は立てない——だが、脚が完全に動かなくなった訳ではなかった。

攻撃してきたアダプタは、見方を変えると——自ら伊佐の方に近づいてきてくれたということでもあった。

伊佐は脚を思い切り蹴り上げた。

アダプタは、わっ、と身を引いた。スタンガンを蹴られることを警戒しての動きだった。

だが最初から、スタンガンそのものは標的ではない。

むしろそうやって上げた腕の、その肘《ひじ》が逆に伊佐の方から丸見えになっていた。そこを狙った。

肘の内側にある神経の束——そこを突かれると、

どんなに鍛えられた人間であっても、びりっ、とくる衝撃を必ず感じてしまう。

「——ひゃっ！」

アダプタは悲鳴を上げて、反射的に手を離してしまう。

落ちたスタンガンは伊佐の腿《もも》に当たって、そして倒れている彼の腹の上を滑ってきて、顎に当たった。

いくら自由が利かなくても、それだけ近くにあればもう手で摑める。

伊佐は背中を軸に回るようにして動いて、アダプタの足首にスタンガンを押し当てて、引き金に当たるグリップを握りしめた。

ばちちっ、という音と、かすかに焦げる匂いがした。

「ぎゃあああっ！」

絶叫を上げてアダプタも転倒する。

伊佐は彼に摑みかかろうとしたが、電撃を喰らったのが首筋と脚ではショックの量が違うらしく、アダプタはすぐ身を起こして、そしてその場から這《は》いずるようにして逃げ出し始めた。

「ま、待て！」

追いかけようとして、伊佐は床を這っていった。

「ひ、ひい——ひいひい——」

アダプタは呻きながらも、どんどん逃げていく。

彼が何を狙っているのか伊佐にはわかった。

（この〝灯台〟の扉を外から閉めてしまうつもりだ——ここに閉じこめられたら、おそらく数時間で凍死してしまうだろう——）

死体を保存するための冷気は全体に及んでいて、暖をとれるところなどどこにもないだろう。

急がなければならない——だが伊佐の身体は思うように動いてくれない。

そしてとうとうアダプタが出入り口のところにまで到達してしまう。

「ぜっ、ぜははっ——！」

アダプタが喘《あえ》ぎ声とも笑い声とも取れる奇声を発しながら、扉に寄り掛かるようにして立ち上がり、そして——閉めていこうとする。

（いかん——）

伊佐がそう思った、その瞬間だった。

……ごきっ、

という鈍い音が、半分閉じかけた扉の向こうから聞こえてきた。

え、と思う間もなく、扉の動きが停まり、そして……逆に開き始めた。

その向こうにはアダプタが立っていて、そして——その首がなんだか変な方向に曲がっている。

今の異音と、その首の角度を考えると……答えはひとつしかない。

アダプタの身体は、そのまま前に倒れていった。

首は曲がったままで、床に横たわって、そして……びくりとも動かない。

首の骨を折られて、死んでいた。

それをやったのは、そのさらに後ろに立っている男であろう。がっちりとした体格の、威圧感に溢れたオーラを発しているそいつのことは、見間違いのしようがなかった。

「……中条——？」

ハンター、とこの島では呼ばれている武道家が、鬼のような形相《ぎょうそう》をしてそこに立っていた。

「こ、殺したのか——？」

伊佐がそう呟くと、ハンターは凄い勢いで彼の方に突進してきた。

そして乱暴にその襟首を摑み上げた。

「ああ、そうだ——殺した。だがそれは本当に私が殺したのか——ん？　どうだろうな？」

そう言いながら、ハンターは伊佐を凄い力で吊し上げながら、来た通路を戻っていく。

嵐の吹きすさぶ、外に連れ出していく。

4

暴風雨の威力はいっこうにおさまっておらず、伊佐の冷えた身体に打ちつけてくる雨水と強風が一瞬で彼の体温の大半を奪い去る。唇が真っ白になり、全身から鳥肌が立ち、止めようのない震えがちがちと奥歯を鳴らす。

「どうなんだろうな——ええ?」

ハンターは大声でがなりながら、伊佐を吊るし上げたまま嵐の中を進んでいく。

「私がここに来てから、既に何人死んでいるんだろうな? この状況は異様すぎる——そうじゃないか?」

「う、うぐ、うぐぐぐ……」

「いったいどうなっているのか、私に教えてくれないか、ノーマル……いや、伊佐俊一。すべての者は全員、君と関係した後で死亡してしまっている……君はいったいなんだ?」

ハンターは大股でどんどん進んでいき、そして眼下に高波が打ち寄せる断崖の端にまでやって来た。

「危険な存在を捕らえるようにサーカムに依頼された私から見ると、君こそ危険極《きわ》まりない存在のように見える……君に刺激されて、その本性を露わにさせられているとしか思えない。さっきのスパイも、マリオンも、君にそそのかされて自ら死の場所に首を突っ込んできたんじゃないのか?」

「う、うぐぐ……」

ハンターは伊佐を、断崖の際にまで持ってきた。吊るされているその足の下には、もう激しく波打つ海面しかない。

「どうなんだ、思い当たる節はないのか——自分が死神であると」

「ぐ、ぐぐぐ——」

「君は、最もペイパーカットの影響を受けているそうだな。症状がもっとも深刻だという——それはつまり、君自身もペイパーカットに〝感染〟してしまっているということを意味する。どうなんだろうな──私は今すぐ、この手を離して、危険な存在をこの世から消し去ってしまうべきかも知れん。どうだろうな？」

「──う、うう……」

言われて、伊佐は反論できなかった。喉をひどく圧迫されているので声もまともに出なかったのだが、喋れたとしても何を言っていいのかわからなかっただろう。

自分は、ペイパーカットに影響されている──それは紛れもない事実だった。

しかしその自分が、他の者にもその影響を伝播《でんぱ》させているかと言われると──そこには拭《ぬぐ》いがたい違和感があった。

（──というよりも、俺からすると……）

その違和感はとても深いものだった。それは彼の胸の奥の、さらにその芯《しん》にまで絡みついているようだった。

「……げているだけ、だ……」

伊佐が呻き声を上げると、ハンターは、む、と眉をひそめて、

「なんだと？　今、何か言ったな──何と言ったんだ？」

ハンターは腕を多少曲げて、伊佐の顔を自分の方に近づけた。だが手を弛《ゆる》めはしない。それでも伊佐は絞り出すように、

「──逃げているだけ、だ……俺から見ると──」

と言った。ハンターの顔が険《けわ》しくなる。

「それは──どういう意味だ？」

「──おまえらも……サーカムも……俺から見ると、みんなペイパーカットを問題にしているようで……その本質からは、どこか……眼を背《そむ》けている──」

伊佐は、自分でもはっきりと意識していなかったことを、このときに明確な形として提示していた。

「……肝心のことを見ずに、後手に回っているだけ――結局、おまえたちはみんな……怖がっているだけだ――」

伊佐は言いながら、ずっと怒りを露わにしていた。

そう、彼は怒っていた。

この島に来てから、自分はずっと怒っていたのだということを、彼は今、悟った。

問題は複雑だという。

状況は単純でないという。

原因はまったく不明で手のつけようがないという。

しかし伊佐には、それらはすべてつまらない言い訳にしか感じられなかった。

サーカムのトップがペイパーカットに対して真剣になっているのは間違いないのだろうが、その研究をしていると称する連中は、どこかで決定的に遠巻きに見ているだけではないのか。

主体性がない――自分でこうだと考えていない。

ペイパーカットがなんなのかわからないのは当然だろうが、しかしその上で、自分にとって正体不明なものと対峙することがどういうことなのか、まったく考えていない――それでは、生命そのものを別のものと交換できてしまうようなペイパーカットには、絶対に……

「それでは……絶対に勝てない……！」

その声はかすれていて、迫力というものがまったくない弱々しい響きでしかなかった。

しかしそれが〝宣言〟された瞬間――その場にサイレンが鳴り響いた。

大音響の、試合終了を宣言するような音。

ハンターがその音の発せられた方角を向く。伊佐も必死で眼を動かして、視界の隅にそれを捉えようとする。

そこで――眼が点になる。

立っていたのはひとつの人影に過ぎなかった。巨大なスピーカーが現れたのではなかった。

縦に細長く、ひょろりとしていて、どこか針金細工の人形を思わせるシルエット。

千条雅人だった。

ぴんぴんしていて、直立不動で、棒立ちになってその唇をまん丸に開いていて、そこからけたたましいサイレン音を発している。

ハンターの動きが停まってしまったことを確認してから、千条は口をいったん閉じて、そしてすぐに喋りだした。

「そこまでです、中条隆太郎さん。あなたの行動をそれ以上進行させることは認められません」

「な、なんだと――？」

「今の、伊佐俊一の発言によって、僕の中に設定されていた〝ペイパーカット探索が最優先される〟というスイッチが入りました。今の僕には、このアルバトロスの全施設のあらゆるものより、伊佐俊一の保護が最優先されるようにプログラムが修正されました。その手を離して、伊佐俊一を地面に下ろしてください」

千条の言葉は、当然のようにまったく乱れがなく、まるで台本を朗読しているかのようだった。

「ど、どういうことだ――」

「あなたよりも、伊佐俊一の方がペイパーカットの探索には有効であると、論理回路が判断を下したのです。これに反論は認められません」

「どうしてそうなるんだ！　私は――」

「あなたは、自分自身にあるペイパーカット遭遇による〝症状〟を認識していません。その点からも、あなたの判断は決して優先順位の高いものではありません」

千条は淡々と告げた。

びくっ、とハンターの身体が震えた。

「な、なんのことだ――おまえ、いったい何を言って……」

「あなたがここアルバトロスに来たのは、別に特別に依頼されたから、ではありません。あなたもまた他のＶＩＰ同様にペイパーカットに遭遇していたからです。そこで診られた症状は〝記憶喪失〟――あなたはペイパーカットと遭遇したこと、それ自体を意識から消してしまった。サーカム財団が入手したビデオ映像には、あなたの目の前で人が死にながら、腰を抜かしてへたりこんでいるところが記録されていましたが――あなたにはその記憶がまったくなかった。それで正式に、研究対象として認定されたのです」

「な……」

ハンターが愕然《がくぜん》となったのを、伊佐はその手が弛《ゆる》んだことから感じた。

「手を離してください」

千条がこっちへ歩いてくる。

「ち、ちょっと待て――」

焦ったハンターが甲高《かんだか》い声を上げる。しかし千条に停まる様子は一切《いっさい》なく、

「手を離してください」

と繰り返した。

「い、いやだから、私は――う、うう……！」

ハンターの手のひらが冷汗でじっとりと滲《にじ》んできた。伊佐はなんとか腕を動かして、相手の手を逆に摑もうとした。

その瞬間、身体が激しく揺さぶられた。

「……来るな！　来るんじゃない！」

ハンターは大声で絶叫して、ぶら下げていた伊佐の身体を振り回し始めた。そしてハンターは、伊佐を千条めがけて放り投げた。

伊佐はなすすべなく飛ばされて、そして足から突っ込んでいく。

千条雅人は、避《よ》ける素振りさえ見せなかった。

胸を直撃するはずだった伊佐の足首を簡単に、ぽん、と横に払ってしまって、その腰を両手でがっちりと受けとめた。

そのまま一回転する――そこだけ見ると、まるで

ダンスを踊っているかのような優雅な動きだった。

反動を綺麗《きれい》に打ち消して、千条はその場から一歩も後退することなく、伊佐にも傷ひとつ負わせず、ふたたび歩き出す。

ハンターの顔に恐慌《きょうこう》が走った。

「やめろ――やめてくれ……！」

悲鳴を上げて、ハンターはいやいやをするように両手を激しく振り回して、後ずさった。伊佐が動くなと声を上げようとしたところで、当然のことが起こった。

断崖の端に立っていたハンターの身体は、その縁から足をすべらせて、姿を消した――墜落した。岩礁が突き出し、嵐の荒れ狂う海の中へ。

「……っ！」

伊佐が身を乗り出そうとしたところで、千条が素っ気なく、

「手遅れです。助かるはずもありません」

と言った。

CUT6.
DR. KUGITO

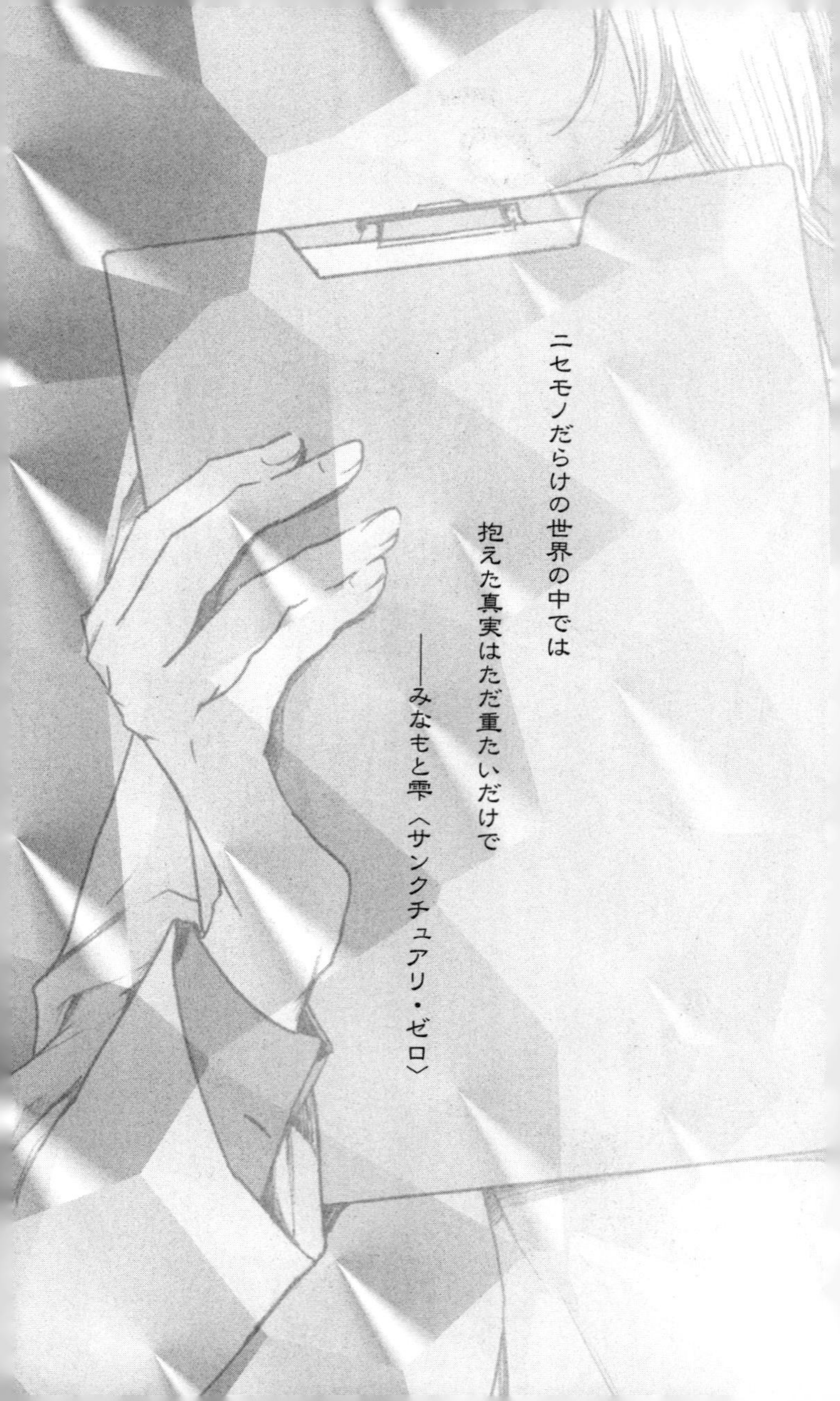

ニセモノだらけの世界の中では
抱えた真実はただ重たいだけで

——みなもと雫〈サンクチュアリ・ゼロ〉

1

沿岸に広大な敷地を持つサーカム財団の建築物は、表向きは財団関係者のための保養施設ということになっている。だが高級そうな外観の建物の内装は味気ないホワイトとメッキの金属光沢《こうたく》しかない。病院でさえもう少し色気がある。そこは人間が暮らすことを拒絶するような冷たさに支配されている場所だった。

だがそんな非人間的な空間に、異様なまでに馴染んでいる男がいた。

「あー……」

あてがわれた個室の中で、デスクに座って書類を読んでいる。

年齢は……よくわからない。年寄りのようにも見えるが、子供のようにも見える。ぼさぼさ髪は亜麻《あま》色《いろ》で、顎に生えている無精髭《ぶしょうひげ》も亜麻色だった。

「どうにも……」

がりがり、と乱暴に頭を掻《か》いていると、部屋のドアがノックされて、

「博士、お待たせしました。あと一時間しないうちに、天翁島は暴風域から抜けるそうです。まもなくヘリを飛ばせるでしょう」

と黒スーツ姿の男が顔を出した。しかし博士と呼ばれた男はこれに返事をせず、顔をしかめたまま、

「なんだな……おまえらは気づかなかったのか？」

と苛立たしげに言った。

「何のことですか？」

「この計画の発案者だ――ドクトル・ワイツという女だ。こいつは問題だぞ」

博士はぱんぱん、と書類を手で叩いた。

「ドクトル・ワイツは研究と論文が認められて、サーカム財団からプロジェクトを全面委任されたのですが――」

「だから私は今その論文を読んだから、わからなか

ったのかと言っているんだ――ここにある欺瞞《ぎまん》が」

「欺瞞、ですか？」

「前提が不充分な状態で、論理を展開させているのに、結論が明快すぎる――ここには明らかに誤魔化しがある。それも極めて悪質なものだ」

「と言いますと――」

「このドクトル・ワイツという女は、サーカムを手玉に取っている……それ自体は別にどうということもないが、目的が問題だ」

騙すこと自体は悪くないような言い方を博士はした。自分もよくやるから、という感じだった。

「こいつの目的はペイパーカットの解析ではない。そもそも前提となっている現象の概要を把握しているのかどうかさえ怪しい。まるで存在を疑っているかのようだ」

「――難しいお話のようですが、つまるところ、どういうことなのです？」

「ドクトル・ワイツはペイパーカットを調べたいんじゃない。ほんとうにそういうものがいるのか、それを証明したいんだ。馬鹿な話だ。いると判明しているから、機構もサーカム財団もやっきになって追跡しているというのに」

ふん、と博士は鼻で笑った。

「そう――こういう言い方もできる。こいつは宗教家で、神の存在を疑いつつも、その実在を信じたがっているのだ、と――おまえは神を信じるか？」

唐突に訊かれて、財団の男は苦笑して、

「まあ、あまり信心深くはありませんね。博士はどうなんですか」

と訊き返してみた。すると博士は真顔で、

「神を信じているヤツに、おまえは何を納得した上で信じているのかを訊いてみたいんだよ、私は。神が我々よりもさらに高次の存在であるならば、そもそも我々は共感さえできないだろうに――不条理だらけの世界の中で、神に遊ばれているのは間違いないのに、どうしてそれに救いを求めようという気になれるんだ？　まったく理解に苦しむ」

と滔々《とうとう》と語りだした。変なスイッチを入れてしまったらしい。財団の男は眉をひそめたが、博士はおかまいなしで、

「我々は全員、行動をプログラムされた人形なんだよ。コギト・エルゴ・スム——我思う、故に我あり、だ。それっぽっちのプログラムで、これだけしゃかりきになって活動させられて、いやまったく、その点に関してだけは神の御業《みわざ》とやらに感心せざるを得ないね」

したり顔で言い、それからちょっと顔をしかめて、

「いや——そんなことを言ったら、今回のオーロード実験におけるドクトル・ワイツのことも感心してやらなければならなくなるな。そいつは受け入れがたいことだな」

ふん、とまた鼻を鳴らした。

窓の外では、そろそろ雨雲が去ろうとしている。

＊

……千条雅人は伊佐俊一を抱えたまま、アルバトロスの本施設にそのまま帰還した。伊佐がいったん灯台に戻れと言っても聞かなかった。

「あそこに戻っても何も得られません。僕が電磁衝撃による一時的な機能停止から再起動に成功するまでの間に起こったことの、すべての状況は終了してしまっています。関係者は全員死亡していて、助けられる可能性もありませんでした」

冷たい声で言う。

「今はあなたの体温が低下している状況の改善が第一です。すなわち空調の整った屋内に戻るべきです」

喋りながらもこの男は伊佐の身体を抱えたまま全速力で走行し続けている。激しい風雨の中で足下を気にする素振りさえないが、足捌《さば》きは的確で地面の

凹凸に完全に対応している。まるで頭の中に微細な地形をすべて記憶しているような——いや、実際にそうなのだろう。ここに来る際に計測済みということなのだろう。

ロボット探偵。

その言葉の意味を、伊佐はあらためて思い知っていた。

これは機械なのだ。どんなに人間と同じ外見をしていても、その中身はプログラムされた進行に従って行動するだけで、自分から主体的に意欲を持つことはない。いったん命じられたことは、それを後から取り消さない限り、いつまでも馬鹿正直にやり続けるのだ。異議申し立てをするためには、そのプログラム上で設定された条件をいったんクリアにしなければならないのだろう。

（こいつは……今、誰に命令されているんだ？）

伊佐はあらためて、そのことを考えていた。その間にも、どんどん千条は突っ走っていき、すぐに〈アルバトロス〉の建物に到着した。出てきた裏口のひとつではなく、堂々と正面入口に来た。それは伊佐が初めてここを訪れたときに来た場所でもあった。

分厚いガラスで仕切られた扉は閉まっていたが、千条はＩＤカードの代わりに、自分の手のひらを認証ゲートにかざした。するとその指紋か掌紋《しょうもん》か、機械は千条を認識して、あっさりとロックを解除した。まるで機械同士で通じ合っているかのような光景だった。

建物の中は、異様に静まり返っていた。千条が足を踏み入れると、その足音がどこまでも反響して、そしてそれ以外にまったく音が聞こえてこない。

「……下ろせ」

伊佐は呻くように言った。

「もういいだろう。下ろしてくれ」

気温の高い建物の中に入っていて、凍死する恐れはもうほとんどない。せいぜい風邪をひくくらいだ。千条も言われたとおりに伊佐の身体を離した。伊佐は杖を灯台に置いてきてしまったので、壁に手を突いて立ち上がる。千条が横から、

「君には支えが必要なのではないか」

と手を差し出してきたが、首を横に振って拒絶した。

サングラスは既になくしている。それほど強いわけでもない照明だが、それでも伊佐の眼には強すぎるが、多少眼を細めるぐらいで伊佐は耐えている。少し建物の奥に進んでいくと、すぐにそれに気づいた。

あの臭いが漂っていた。

伊佐が殺人現場に遭遇したときに鼻腔にこびりついてしまった、あの焦げついて突き刺さってくるような刺激的な異臭。

あれが屋内に充満しているように感じられる。

眩暈がひどくなってきている。

それでも伊佐は、真っ白い廊下をふらふらと進んでいく。

自分の足音と、千条の足音だけが耳を打つ。不安定で不規則な引きずるようなリズムが、痛いくらいに喧《やかま》しく聞こえる。

「………」

伊佐はそれでも進んでいく。目的とする場所はひとつだった。事態を説明しなければならないし、説明を受ける必要もある。その両方を果たすには施設の責任者のもとへ赴《おもむ》かなければならないだろう。

廊下には誰もいない。誰とも行き会わないし、誰の気配もない。

まるで最初から、この場所は廃墟で、人間なんか一人もいなかったかのような錯覚さえ感じる。

自分の息づかいは聞こえるが、千条のそれは微《かす》かすぎて聞き取れない。ぜいぜい喘《あえ》いでいるのは伊佐だけだ。

建物内部の間取りなどは知らないから、部屋のドアについているネームプレートを頼りに、その番号

がどんどん少ない数になる方に進んでいく。

ナンバー1のところが、総責任者の執務室であっても、それほど的外《まとはず》れではないように思う。

すべての扉は閉ざされていて、中に何があるのかまったくわからない。

そんな中で、伊佐はとうとう目的の〝〇〇〇一〟のナンバーの扉の前に立った。

「………」

寄り掛かるようにしつつ、ノックをする。どんどんどん、と強めに扉を叩く。

返事はない。室内に気配も感じられない。それでも何度も、どんどんどん、と叩き続ける。そんな彼を背後から千条が冷たい眼で見ている。

やがて、伊佐はドアのノブに手を伸ばした。意外にもそれはあっさりと回った。ロックは最初から掛かっていなかった。

軋むような音とともに、扉は開いた。

その室内に一歩足を踏み入れて、広い室内を見回した。

すぐに見つかった。

デスクがあり、ソファがあり、そしてテーブルがあるところに、その姿は半分ずり落ちるように倒れていた。

喉がぱっくりと割れて、その裂けた傷から溢れ出た血溜まりの中に沈んでいるLLの巨体は、どう見ても既に死んでいるとしか見えなかった。

その〈アルバトロス〉総責任者の顔はなんだか、まだ微笑んでいるようにも見えた。

2

「凶器は鋭利でかつ繊細な刃物だ——この殺害方法に関しては過去のデータがある」

千条の声が背後から聞こえてきた。伊佐が振り向くと、千条はうなずいて、

「喉を的確に切り裂いて、他の損傷がない——これ

には君も心当たりがあるんじゃないのか?」

と訊いてきた。伊佐は奥歯をぎしり、と一度嚙み締めてから、

「——殺人鬼、数寄屋玲二の被害者たちと同じだ……」

と力なく言った。千条はまたうなずいて、

「シェイディの犯行と考えるのが妥当だ。彼を捕捉《ほそく》する必要が我々にはあるようだ」

と伊佐以外に残っている最後のＶＩＰの名前を告げた。

二人は静寂に包まれた施設の中をふたたび進み始めた。

千条が無表情なのは相変わらずだったが、このあたりから伊佐の顔つきもどんどん精気がなくなってきた。

人形のような顔になっていた。

どこまでも続きそうな白い廊下の角を曲がったところで、風景に変化が現れる。

赤い線が、壁から床に走っていた。真っ赤にべったりとペンキをぶちまけたようなラインは、しかし塗料にしてはどす黒い濁りが強すぎた。

辿っていくと、あちこちからどんどん線が増えてきて、床を埋め尽くさんばかりの量になっていく。

ずるずると引きずったような痕跡が大量にある。部屋の入口から廊下に出てきているものも多い。そのまま廊下に続いて、そして合流してくる。

その赤い線の累積は、あるひとつの場所に向かっていた。

伊佐と千条は、赤いどろどろとした感触を踏みしめながら——避けるにはその量が多すぎる——その導かれる先に歩みを進めていく。

施設の中央部にある、吹き抜けの空間がその終点だった。

ガラス張りで囲まれた、天井がない中庭があり、晴れているときはそこから光が射し込んできて周囲に設置されたベンチでひなたぼっこができるように

なっている憩《いこ》いの空間だが、今——そこに山積みになっている。

　サーカム職員たちが全員、喉を切り裂かれて、無造作に放り出されている。

　動くものは何もなく、ただ雨ばかりがその上に降りしきっている。

　しばらく立ちすくんで、ガラス越しに見つめ続けても、その光景に変化が生じることはなかった。

　それらを搬出した扉は、外から人体の山積みによる重みで塞《ふさ》がれていた。だが内部から中庭につながっている排気口のひとつが、その網状のパネルが外されていた。その周辺には赤い手形も生々しく残っている。ここに来た者は、そこからしか出られなかったであろうことは歴然としていた。

　二人は、その排気口がつながっている実験室に向かった。

　その入口にはロックも何も掛かっていなくて、普通に入ることができた。外の雨とは異なる、水道を開きっぱなしのような音が聞こえてくる。奥に進んでいくと、換気扇のファンが蹴り飛ばされたらしく乱暴に破壊されて床に転がっていた。格子《こうし》状のパネルもひしゃげて落ちている。

　そして、赤い裸足の足跡がべたべたとついていた。

　それは実験室の隅にあるシャワールームに続いていた。

　水音が響いてくる。

　伊佐と千条は、ゆっくりとした足取りでその音の方に、シャワーが出っ放しになっている方に進んでいく。

　そして、伊佐はそのカーテンで仕切られていた空間を開放する。

　そこには人間がひとり存在していた。数寄屋玲二だった。その手には医療用のメスが握りしめられていて、床にだらりと投げ出されていた。

　喉が綺麗に割れていた。呼吸しなくなってから、相当な時間が経過しているとしか思えない。

完全に死んでいるその上から、シャワーの噴出が降り注いでいる。

その横の壁には、多少滲んできているが、それでも見間違えようのない〝O〟の字が描かれていた。

「………………」

伊佐はカーテンを開けたまま、ゆっくりと後ろに下がった。そのままシャワールームからも出て、実験室の壁際に並んでいた椅子のひとつに腰を下ろした。

大きく息を吐いた。

そして、ずっと光の刺激に耐えてきた眼を閉じて、眉間を揉みしだいた。

その前に千条がやってきて、斜め前に立って、

「さて――君の見解を聞きたいんだが、伊佐俊一」

そう問いかけてきた。

＊

「………………」

伊佐が顔を上げると、千条の背後にふたつの人影が立っているのが見えた。

青白い顔に、真っ黒な隈《くま》が目立つ二人の亡霊が、ニヤニヤしながら伊佐のことを見つめている。

千条はそんな存在にはまったく気づかない様子で、

「君はどう考えている？　この凶行はシェイディの仕業とみていいのか。彼は犯行後、自らの手で己の喉元を切り裂いた、ということでいいのか。それとも何か隠されているのか。どう思う？」

とさらに質問してきた。伊佐は無表情のまま、

「なにか、か――」

と呟いた。

「なにか、あるのか？」

その声には力がない。するとふたりの亡霊たちはくすくすと笑い出して、

「ずいぶんとしょげちゃったわね、伊佐さん」

「自分の無力さに打ちひしがれちゃったのかしら」

「それとも、生き延びられたみたいだから、ほっとしているのかな？」

と嘲《あざけ》りの言葉を浴びせかけてきた。しかし伊佐は反応しない。

千条は亡霊の声など存在しないかのように、さらに訊いてくる。

「疑問としてあるのは、すべての殺人事件の因果関係だよ。たとえば最初の殺人は、ほんとうに二人が殺し合ったのか。それともシェイディかアダプタが行った犯行を偽装したものだったのか。あのときは君が、密室状況の証明者でもあったが、そこに見落としはなかったのか」

「見落とし、ねえ——」

「第二の事件はニッケルの病死ということで片付いたが、これにも不自然な点が多々ある。その納得のいく説明は未だについていない」

「納得、ねえ——」

「それにコスモスの自殺も不明瞭すぎる。あれが殺人だとして、そもそも自殺に偽装する理由があったのか」

「理由、ねえ——」

「そして君を連れだしたマリオンの動機も不明だ。彼女はスパイではなかったというが、ではなぜ施設の裏側を探ろうとしていたのか。さらにはアダプタの襲撃もやや性急すぎるのではないか。そこに必然性はあったのか」

「必然、ねえ——」

「ハンターの強引さも謎だ。彼は自滅したが、そこに至る経緯には空白が多すぎる」

「空白、ねえ——」

「それに何よりもシェイディだ。この大量殺戮《さつりく》をするきっかけはなんだったのか。彼にそのような素養

があったのは事実として、それまでおとなしかった彼が豹変《ひょうへん》するには、その引き金となるものが存在していたのではないか」

「豹変、ねえ——」

伊佐はずっと、千条の言葉をおうむがえしに繰返すだけで、特に発言らしい発言をしない。

そんな彼に、さらに亡霊たちが、

「あらあら、大丈夫かしら？」

「すっかり気力も尽き果てた、って？」

「あの頑固《がんこ》なまでの生真面目さも、ここで遂に種切れってことかしら？」

と囁きあっている。伊佐はこれにも応じない。

千条はそんな彼をずっと見つめ続けているが、やがて切り出してきた。

「君は、この不自然な状況の連鎖に、ペイパーカットは関係していると思うか」

ここで伊佐は、やっとその表情に少し変化を見せた。

眉をひそめて、唇を不快そうに歪めた。

「みんな、ペイパーカットに〝感染〟していた——という話か。刺激されて、潜伏していたものが呼び起こされたと——その原因は一番、症状が重い〝俺〟って……へっ」

言葉の途中で、伊佐の頬がぴくぴくと痙攣し、唇がわなないて、空気がこぼれた。

「へ、へへっ、へへへ……ふふふふっ、ふふっ……あははは」

虚《うつ》ろな声が洩れだした。肩を揺らして、笑っているが、その表情は冷たい仮面のようだった。

千条はしばらく、その伊佐の様子を観察していたが、やがて、

「その笑いの意味を訊いてもいいのか？　理由を説明してもらえるか」

と質問した。すると伊佐は急に真顔に戻って、

「馬鹿馬鹿しいからだよ——」

と言いながら、椅子から立ち上がった。眩暈のた

めによろめくが、それでも倒れずに、そのまま前方に向かって歩き出した。

「まったく、馬鹿馬鹿しい話だ――なんの理由があるんだ――」

その声には紛れもない怒りがあった。そして千条の横を通り過ぎて、亡霊たちのところに突っ込んでいく。

「伊佐、そっちには――」

千条が声を上げたところで、伊佐はふたりの亡霊に向かって、

「――言っとくが、セクハラじゃないからな」

と呟くと、その頰にいきなり手を伸ばして、そして、

――ぐいっ、

と擦った。白いものが指先にべったりと付いた。

そして振り向いて、千条にその手を突きだして、相手の頰にも白いものを擦り付けた。白粉《おしろい》が千条の顔にも付着した。

化粧――だった。

「――」

千条は無表情のまま、立ちすくんでいる。その彼に伊佐は静かに、

「これで、条件は崩れたぞ――おまえのプログラムはおしまいだ」

と告げた。千条は数秒、沈黙したが、やがてうなずいて、

「――そのようですね。その二人の姿があたかも見えないように行動すべし、という当初の設定は、完全に無効化されました。あなたの言う通りです、伊佐俊一。これまであなたを欺《あざむ》き続けていたことを陳謝いたします。お怒りでしょうか？　ですがこの実験は――」

と急に丁寧な口調で滔々と喋りだした。伊佐はその言葉の途中でもう、彼女たちの方に向き直り、

「――あんたの方だろう、楪沢尚美さん」

と、看護師E二〇六に向かって言った。

「あんたが本物の〝ドクトル・ワイツ〟で、そっちのもうひとりは影武者だろう？　そう演じていたんだな？」

指差されて、尚美はしばしきょとんとした顔になっていたが、すぐに、

「――そこを、いきなり見抜かれるとは思いませんでした」

と、きわめて健康な声で言った。白粉をぬぐい取られた下の頬の皮膚が、血色良く光って見えた。

3

ペイパーカットとは何なのか――その謎を追究するために〈アルバトロス〉は極秘裏に建設された。

莫大な予算を掛けて未開の島すべてが切り拓《ひら》かれて、建物を土台から建築し、研究員が配置された――さらにその上で、施設のすべての作業をいったん中断して、全精力を掛けてひとつのプロジェクトに集中することになった。

たったひとつの実験。

〝オーロード〟と名付けられたその実験を行うこと、その対象となる実験対象を、何ヶ月も前から用意し、準備万端で迎え入れたのだった。

伊佐俊一を。

サーカム財団は彼を雇い入れたのでも対等の契約を結んだのでもなかった。書類はすべて本物で、契約も法的に保証されているものではあったが、それは喩《たと》えるなら開戦することが内定しているのに、あえて不可侵条約を結ぶ国家間の駆け引きと似ていた。

伊佐は最初から見捨てられることが決まっていた。彼を治療するための作業など一切なかったし、その研究はまったく進行していなかった。

彼がこの島に来て、どうなるのか――その観察こ

そがすべてで、後はすべて偽装だった。

「我々の予測では、君は九十二パーセントの確率で死ぬはずだったのだよ」

伊佐にそう話しかけてくるのは、喉元に大きな傷をつけたままのＬＬである。もちろんそれは特殊メイクだった。もともと太っている彼の首筋から、わざわざ脂肪を手術で摘出して凹《へこ》みをつくり、そこにニセの傷を付けたのだ。

彼の背後に揃っている職員たちも、まだ死体のメイクを残したままだ。こちらの者たちは外にいてガラス越しにしか見られないので、そこまで精密な偽装ではないが、映画のゾンビなどよりはずっと迫真性があるのは、それほど大袈裟なものではないからだろう。さりげなく、どこか決定的な印象を与えるのは、普段から死体を見慣れているせいなのだろう。

「…………」

しかし伊佐は、彼らにはまったく視線を向けない。責めるでもなく、見破ったと勝利を誇るでもない。

彼はふたたび〝灯台〟と呼ばれている遺体保管庫に戻っていた。直《じか》に確認しなければ気がすまないものがそこにはあったからだ。

ニッケル——南泰介。

コスモス——輪堂弘毅。

アダプタ——向居智史。

ハンター——中条隆太郎。

マリオン——三田村貴子。

シェイディ——数寄屋玲二。

彼以外の、六人のＶＩＰたちの死体が彼の前に並んでいた。だがその姿が違う。伊佐と会っていた者たちと微妙に顔と体格が違う。

「これが……本物の被害者たちか」

伊佐が力なく呟くと、横に立っている千条雅人が無感動な声で、

「正確には数寄屋玲二だけが例外で、彼は警察に発

見されたときには既に死亡していました。つまり彼は〝直に〟ペイパーカットに殺害されていたようです。サーカムは死体を引き取っただけで、今回の実験のために死因などの過去にやや変更が加えられています。しかし他の者たちについては、ほぼ君が目撃した通りの死に方をしています。つまり病死であり、自殺であり、スパイ行為に及んだあげくに反撃を喰らって死に、記憶がないことを自覚するや否《いな》や転落死しました。三田村貴子嬢だけが不透明で、彼女はなぜかサーカムに、彼女のキャビネッセンスではないかと予想された人形を胸に抱えた姿勢で死んでいました」

と解説する。すると背後にいる大勢の中に混ざって立っていたマリオン役の女性が、

「彼女には困りました……できるだけ生前の様子と同じように演じたつもりなのですが、とにかく私には理解できない言動ばかりだったので――」

と首を振りながら嘆《なげ》くように言うと、コスモス役の男も、

「私も同様です。正直、今でも輪堂氏は精神の均衡《きんこう》を失っていたとしか思えませんね。自分でも何であんな異様なことばかり言っていたのか、わかっていなかったのではないでしょうか」

と、極めて穏やかな口調で言った。他のハンター役やアダプタ役の者たちも無言でうなずいている。

全員、伊佐と以前に会っていたときの雰囲気は一切残っていなかった。文字通りに憑《つ》き物が落ちていた。

「つまり、君だけなんだよ――伊佐俊一」

LLがしみじみとした口調で言う。

「我々が発見できたペイパーカットの目撃者は、その全員が半年と経たずに死亡してしまうんだ。その死因がバラバラなので、偶然の一致と言えないこともないのだが、しかしそれにしても多すぎる――君はどう思う？」

「…………」

「たとえばアダプタの向居智史氏などは、自分で予告状をでっち上げたと思いこんでいたが、実のところ、彼は予告状の文面をどうやって知ったのか——教えられていた、と証言していたが、ありえないんだ。それはトップシークレットで、第三者に教えるなど絶対にないんだ。つまり彼は、予告状を見つけておきながら、後から自分でそれを偽装したんだ——理由はまったくわからない。わからないことばかりなんだよ」

「…………」

伊佐は死者たちを——本物の死者たちを前に無言だった。

この島にあるのは、他はすべてニセモノばかりだった。事件さえも偽りのまがい物で、その中で振り回された伊佐の葛藤《かっとう》もなにもかも、無意味な徒労だった——。

「…………」

伊佐の沈黙がしばらく続いて、やがて、

「見つめていても、もうその死体が話しかけてきてはくれない——と思いますけど」

という楪沢尚美の声が妙に大きく響いた。伊佐が振り向くと、彼女はうなずいて、

「あなたに最初に注射した薬物は、とっくに効果が切れていますし、私たちが死者を演じていたときに使っていた麻酔ガスの霧も散布していません。あなたはまともに戻っちゃっています。もう亡霊とお話はできませんよ」

「——」

伊佐は少しの間、彼女のことを見つめていたが、

「あんたと二人だけで話をしたいんだが」

と提案した。彼女もうなずいて、

「そうしてくださると、色々と整理がつきますね」

どこか他人事のように言った。

＊

「まず訊きたいんですが——どうして楪沢尚美の方がドクトル・ワイツだと思ったんですか？　その判断はどこでついたんでしょう？」

あらためて、場所はドクトル・ワイツの研究室に戻っている。最初に伊佐が、連れて来られて、そして陰惨な殺人現場を見せつけられたところだ。今となってはただ滑稽《こっけい》でしかないが——。

「もちろん気づいてからだ。これが茶番だと」

伊佐は座っている尚美に対して、杖を突いて立っている。この方がやはり安定する。もうドクトルに座っていろと命じられることもない。

「あのドクトル役の女性には、結局は注射をされただけだ。彼女には俺のことを観察している様子がほとんどなかった。問診にしては、自分のスタイルを崩さないようにするので精一杯という感じだった。


俺の様子を常に観察していたのは、あんたの方だった——注射をした後でも、側《そば》についてその効き目を確かめていたのもあんただった。全部が嘘ならば、船でここに来る前から騙されていないとおかしい——そうなると、あんたが親切に俺の面倒を見てくれていたことが、まず一番あやしい」

「すごいですねえ。そのときには気づいていなかったのに、後から振り返って、すぐにあそこで変だったって思い直せたんですか？　だって船の上のときはまだ疑っていなかったんでしょう？」

「その理由がなかったしな——」

「そうそう簡単には他人を疑わないんですね。警官らしくないのかな、それって」

「誰も彼も疑っていたら、いったい誰のことを守ればいいのかわからないだろう」

「そんな理想を振りかざしているひとは官僚機構じゃ出世できないでしょうね。まあ、だから今、あなたはここにいるわけですが」

彼女はせせら笑うような表情になって、それを見て伊佐の方も鼻で笑う。

「ん、なにがおかしいんですか」

「いや――ドクトル役の彼女も、一応はそういうあんたの表情を一生懸命真似《まね》ていたな、と思ってな。別にその必要はなかったろうに」

この反撃に、彼女は苦笑して、

「まあ、そうですね――私の偽装は、あなたに警戒心を持たせないようにしつつ、直に観察するためのものでしたから、あんなに刺々《とげとげ》しい態度で対応させることもなかったんですよね――そこは悪かったです」

と言って、それから真顔に戻って、

「でも、あなたには今回、危ないところってあったんでしょうか？　わざわざ亡霊まで出したってのに、最後まで正気でしたよね」

「どうかな。自分ではかなり危《あや》うかったと思っているが」

「いやいや――ずっと観察していたんですから。あんな目に遭わされて、あれだけ落ち着いて事態に対応するなんて、ほとんどあり得ない話ですよ。ほんとうに、途中で疑ったくらいです。実はどこかから実験計画が洩れていたんじゃないか、って」

「それで一回だけにするはずの亡霊登場を、何度も繰り返したのか？」

伊佐が指摘すると、彼女は天を仰《あお》いで、

「それですよ、そういうところですよ――どうしてわかったんです？」

「おそらく色々な偽装の中で、あれが最もきわどかったんだろう？　他のドアがやたらと機械の作動音を立てて開閉していたのも、あんたらがいきなり無音で現れたときの驚きを増すための前振りだったろうし。俺は気づかなかったが、あんたらが特殊メイクをして立っていて、咳だのくしゃみだのが出たら台無しだし、もしそのときに微かな地震でもあったら、揺れてしまってその時点でバレたろうし。いくらあの、変に焦げ臭い麻酔ガスとやらを振りまいていても、な」

「あなたの眼が弱っていて、いつもサングラスを掛けていたから成立したんですよ。自然光下で、正常な裸眼だったら見抜かれるから——そう言えば、最後はサングラスなしでしたけど、見えていたんですか？」

「視力も衰えているから、ぼんやりとしか見えなかったよ」

今の伊佐は、きちんと度の入ったサングラスを掛けているので、彼女の表情の細かいところまで見ることができる。

「なのにわかっていた——いつからわかっていたんです？　自分が騙されているって」

訊かれて、伊佐は少し口をつぐんだ。尚美のことを正面から見つめ直す。

「今でも〝わかった〟わけじゃない。それにあんたたちが俺の上に立って〝騙してやった〟というつもりでないことも知ってる」

「ふむ？」

「俺たちは結局、同じ立場に過ぎない——どっちもペイパーカットのことなんか、これっぽっちもわかっていないという点で、な」

4

「そうですね——」

尚美は眩《まぶ》しいものを見るように、すこし眼を細めた。伊佐はこつん、と杖の位置を修正しながら、

「はっきりと〝異常だ〟ということを俺に教えたのは、あのロボット探偵だ」

と言った。

「あいつが、俺のことをハンターから守った直後に、もう灯台の人間は皆死んだから戻らなくていいと言ったことで、疑惑が決定的になったんだ。あのとき、マリオンは俺と同じ電気ショックを喰らった

に過ぎなかった。心停止していたとしても、蘇生《そせい》措置を施《ほどこ》せば充分に助かる見込みがあったはずだ。だがあいつは、そんな可能性などまったくない、という態度だった。これはあり得ない反応だった。無理があった——あらゆる可能性をやたらと並べ立てるあの男には、な」

伊佐が淡々と言うと、尚美はため息をついて、

「やっぱりロボットに嘘をつかせるもんじゃないですね。でもそれはあくまで確信したときの話ですよね。疑い始めたのはいつ頃なんですか」

と訊ねた。伊佐はうなずいて、

「今回、俺が最も疑っていたのは、自分だ。伊佐俊一が一番信用ならなかった——」

「………」

「だからすべての犯行で、自分がやったとしたらどうだったろう、と考えた。そうしたら、ほとんど全部で実行可能だった。できる、と思った——できすぎている、とも感じた。それが始まりだ」

「それは、自分の罪悪感を軽くするための、都合のいい考えだとは思わなかったんですか？」

「もちろん思った。だが——それよりも、あんたたちがわざわざそんなことをする理由があるのかと、それを考えたとき——背筋が寒くなった」

「………」

「あるに決まっているんだ。そもそもこの〈アルバトロス〉の規模を考えたときに、そのことに思い至るべきだったんだ。そう——ペイパーカットの謎を追究するためならば、サーカム財団はどんなことだってやりかねないんだ。端《はた》から見たらあり得ないような大仕掛けだろうがなんだろうが」

伊佐はここで、少し口をつぐんで——それから吐息混じりに言った。

「皮肉なものだ——ずっと以前から一生懸命研究し続けているあんたたちよりも、ぽっと出の俺の方がそのことをよく知っているんだ。あの〝銀色〟が目の前に現れたときの、あの何もかもが吹っ飛んで無

意味になってしまうような、あの感覚を。……ペイパーカットの恐ろしさを」

「…………」

「身に染みている——だから、すべてが偽装で、俺の様子を観察しているんだという仮説が、最も自然で無理がないと思ったんだ」

「なるほど——なるほどね」

尚美は小さく、何度も何度もうなずいた。

「ということは——他のＶＩＰに対しての違和感も出発点だったんですね。ニセモノの演技者たちの」

「連中はあまり本気には見えなかったよ。ペイパーカットの怖さを実感していないみたいだった」

「でも、彼らは実際にああだったんですよ——不敵なことを言って、周囲を挑発して、要求をエスカレートさせて——それで、突然にそれまでの態度とまったく無関係に、死んだ」

「…………」

「あなたも、いずれそうなるんでしょうか——この実験は、あなたが死ぬところを、その原因を見極めるためにやっていたのだけれど、その努力はまったく実を結ばず、いきなりあなたも死ぬんでしょうか」

「さあな——それは知らない」

「いずれにせよ、あなたは最高記録ですよ。半年も生きているんですから。他の連中は皆、五ヶ月ほどしか保《も》たなかったんだから……」

彼女が脱力したように言うと、伊佐は、

「彼らは、きっとペイパーカットそのものとは関係ない」

そう断定した。尚美が眉をひそめると、伊佐は自分のサングラスに手を添えて、

「俺のことは措いて——彼らの言葉は、俺が聞いたものがその忠実な再現で、態度もあんな感じだったというのなら——彼らはペイパーカットに害を受けたのではなく、なんというか——〝発見〟してしまったんじゃないだろうか」

「何を？」

「生命の軽さを——ペイパーカットがそれを弄《もてあそ》ぶところを見て、あれでいいのか、と思ってしまった——そういうことじゃないかと思う。そうだ……いわば彼らは、自分自身に向けて予告状を出して、それを受け取ったんだろう」

「……何を言っているんです？」

「うまく説明できる気がしないが——彼らが死んだのは、彼らの中に以前から理由があって、ペイパーカットそのものとは関係がなかった——そう感じる」

「……彼らは無意識のうちに死にたがっていた、と？」

「もっと言うならば」

伊佐はここで、ぴくぴく、と微かに頬を震わせた。何かを堪《こら》えているようだった。それでも言う。

「彼らはペイパーカットに〝こいつらは別にいい——どうせすぐに死ぬ〟と見極められてしまったのかも知れない。軽視されて——無視されたんだ」

言っている途中で、杖を握る手ががたがたと震えだしていた。

怒っていた。

そんな彼に、尚美は半ば茫然としながら、

「……あなたはとても、そうは見えませんけれど——」

と話しかけた。伊佐は奥歯を一度嚙み締めて、それから吐き出すように、

「俺は〝ついで〟だからな——俺があの場にいたのは、ほんとうにただのオマケで、肝心の相手は別にいた——」


〝伊佐さん、私は——行くわ〟

〝あいつと会って、無視されて、私は自分がまだまだだって思った——いじけていたのが馬鹿みたいだわ〟

〝私は、もちろんあのお方のようにはとてもなれないけど――でも、精一杯やってみるわ。もしかすると、どこまでも頑張れれば、もしかして――私もあのお方と同じように、死神に殺されるほどの存在になれるかも知れない。世界を変えて、突破させることに、挑戦してみるわ……またいつか会うこともあるかも知れないけど、そのときは、きっと――〟

――光の中で気絶して、次に目覚める前に、夢の中で聞こえていた声が脳裏《のうり》に蘇《よみがえ》った。

そう……あのときの、あの場所で〈アルバトロス〉のVIPたちと同じ立場だったのは〝彼女〟の方だった。伊佐ではなかったのだ。〝彼女〟がどこに消えたのか、誰も知らない――尚美が言うことが正しいのならば、とっくに死んでいることになってしまうが――伊佐にはそうは思えなかった。

他のVIPたちは〝彼女〟ほど強くなれなかった――きっと、それだけの話なのだろう。

「…………」

伊佐の小刻みな震えはなかなか収まらない。落ち着こうともしていない。

尚美はやはり、そんな彼を脱力したような眼で見ている。

「あなたは――マリオンも、三田村貴子も死にたがっていたと思います？」

ふいに質問が具体的になり、伊佐は「む」と呻いてから、訊き返す。

「そう言えば、本物の三田村貴子にはどんな〝症状〟があったんだ？　結局わからないままだった」

「単純でした。人形を作ろうとすると手が震えて、何も持てなくなるんです。ばちばちっ、と痺れてしまうって本人は言っていました。仕事に打ち込みすぎた人が罹《かか》る神経症の発作と似た症例で、そういう意味では一番治療しやすそうだったんだけど――」

（――ん？）

その口調にどこか悲しげな色があったので、伊佐はそれまでと異なるものを感じた。

「もしかして——あんたは彼女と個人的に親しかったのか？」

「どうしてそう思うんですか？」

「いや、なんとなく——間違っていたか」

「なんとも言いにくいですね——彼女は私の妹でした」

「え？」

「といっても母親が違うし、全然別のところで育ったので、お互いほとんど知らなかったんですけど。彼女がサーカムに保護されたときに、初めて会ったんです」

「…………」

「変な感じがしました——私は、ずっと母を捨てた父が憎らしかったし、その父と女優の間に生まれた妹なんて、きっと幸せボケで呑気に暮らしているんだろうって思ってましたから……そうしたら、あんなことになってしまって」

彼女は壁に眼を向ける。

そこには、最初の事件の時に伊佐が見つけたあの〝O〟の字がそのまま残されている。他のものは綺麗に片づけられているのに、そこだけは元のままだ。色も変わっていない。そう——あのときも思ったのだが、凶行の際についたものにしては、既に変色してしまっていた……

「この痕——これって、貴子が描いたんです。自分の血で。死ぬ三日前くらいだったかしら。ここは私の研究室じゃなくて、もともとは貴子の部屋だったから」

「これは何、って訊いても、笑っているだけで答えてくれなくて、苛立って問いつめても、やっぱり笑いながら——」

〝O——ここよ。この世界——閉ざされていて、ぐるぐる回るだけ——〟

「──って両手を広げるだけで、それ以上教えてくれませんでした。いったいなんのことだったのか──だからその疑問を解き明かそうと思って、今回の実験を私は〝O〟に至る道、ということで〝オーロード〟と名付けたんです。彼女が何を考えていたのか、それに少しでも近づけたら、って」

「助けたかったのか?」

伊佐の問いは、それまでよりもやや響きが重かった。尚美は少し唇を歪めて、

「……どうだったのかしら。もし恨《うら》んでいたのなら、無意識では死んでしまえって考えていたかも知れません、ね──」

と言うと、伊佐は首を横に振った。

「それは違うだろう──あんたは、妹を絶対に助けたかったんだ。だから、それが叶《かな》わなかったから──こんなところで、こんなことをしている。こんな〈アルバトロス〉などを創ってまで、そのときの悔しさと無念を晴らそうとしているんだ」

きっぱりと言われて、尚美は口をつぐんだ。伊佐はさらに言う。

「あんたと話したかったのは、その辺のことだ──あんたの動機だ。この事件は確かにペイパーカットの危険性を考えると、当然のことではあるんだが……それにしても度を超している。やりすぎている。被害者は実質いなかったとしても、だ。次にも同じようなことをするようでは、サーカム財団に未来はない」

「……一応、あなたが被害者ということにはなるんですけどね」

「俺はどうでもいい。しかし俺の次があるなら、そいつは大問題だ。今度は規模がもっと大きくなる──一人や二人を騙すだけではすまなくなる。街ぐるみでなにかを仕掛けようとかいう話になっていく──そうなると、今度はほんとうの人死にが出るぞ」

伊佐は尚美を睨みつけた。サングラス越しなので彼女にその眼は見えないはずだったが、その視線の鋭さだけはひしひしと感じたようで、肩をすくめて、

「……私に、もうやめろ、ってことですか?」

「そうだ。あんたはペイパーカットにもう関わるな。別の研究をして、そっちで成果を上げればいい。あんたは向いていない。私情に流されていて、冷静さを欠いている」

「…………」

尚美は返事をせずに、デスクに向き直り、灯台から持ってきていたあのピノキオ人形を手に取った。ぶらぶら、と揺らす。人形は右に左に、彼女にされるがままである。

「生きた人間は、その人形とは違う——そうそう簡単に、あんたの思い通りには動かせないんだ。何が起きるかわからないぞ」

「——」

尚美は人形を膝の上に置いた。

それから懐に手を伸ばして、看護師の制服の胸ポケットから一枚の封筒を取り出した。それを開けて、中から一枚の紙切れを取り出して、伊佐に差し出す。

伊佐は受け取って、眼を落とす。そこには当然のように、

〝これを読んだ者の、生命と同じだけの価値のあるものを盗む〟

という文章が書かれている。

「これは、どこの?」

「さあ、どこでしょう——あなたはそれ、本物だと思います?　なにか感じるものがありますか?」

「…………」

伊佐はしばしその紙切れを凝視《ぎょうし》したが、やがて首を横に振った。

「何も感じないな」

「ニセモノ、ってことですか?」

「そうじゃなくて……何の印象もない。これを書いたヤツの思考とかが全然筆跡にこもっていない。特徴がない。あるいは——なさすぎる。機械の筆跡にだって決められた通りに書くって傾向があるだろうが、それさえない。誰が書いたのか見当がまったくつかない。俺に言えるのはそれだけだ」

伊佐の言葉に、尚美はうっすらと微笑みを浮かべた。

「あなたが、きっと現時点でもっとも優秀ですね——サーカムがこの〈アルバトロス〉の建造を認めたのは無駄じゃなかったわ。そう——とても優秀な人材が手に入ったのだから」

「あんたの代わりに、という意味でいいのか?」

「どうでしょう——それを決めるのって、きっと私じゃないでしょうね」

「なら、そっちと話を付けるさ」

伊佐はまったく退く様子もなく、断言した。尚美は視線を落として、苦笑ともとれる表情を見せて、

「あなたから見て、ペイパーカットってなんですか?」

訊ねられて、伊佐は厳しい表情になった。それまでの彼の顔つきの中で、もっとも険しいものだった。

「あんたたちがどうして、あれを色々と複雑に捉《とら》えているのか、理解に苦しむ。俺から見て、だって?——そんな条件を付ける必要もない。起こっていることだけがすべてだ。ペイパーカットの目的がなんであれ、それは結局のところ——ただの殺人で、ヤツは殺し屋に過ぎない。それだけだ」

彼がそう宣言したところで、外から連続する重低音がかすかに響いてきた。大気を切り裂いて回転する旋回音——ヘリコプターが接近してくる音だった。

尚美が窓の外に眼をやる。さっきまで降っていた雨が、いつのまにか綺麗に止《や》んでいた。

強い風に乗って、雲が千切《ちぎ》れながらやたらと速く

流れていく。

CUT 7.
NAOSE
HIGASHIORI

信じられないのはあなたの思い
夢みているのはあなたとの未来
——みなもと雫〈サンクチュアリ・ゼロ〉

——二年後のことである。

もはや訪れる人もいなくなった天翁島に、久方ぶりの来訪者が来た。ヘリコプターが飛来して来て、その真っ平らな、なにもない地面に降り立った。

何もない——もう建物も、そこに施設があったという痕跡さえも残ってはいない。

「ここが？　間違いないの？」

そう言いながらヘリから降りてきたのは、東澱《ひがしおり》奈緒瀬《なおせ》という若い女性だ。そして彼女を守るように取り囲んでいる屈強な男たちは、彼女の直属の部下である。

「そうですお嬢様——ここで間違いありません。かつて〈アルバトロス〉という名前で呼ばれていた実験施設跡です。サーカム財団が所有していましたが、今では売りに出されていて、地方自治体の預かりになっている競売《けいばい》物件のひとつです。入札者は誰もいませんが」

「だから、仕事中はお嬢様と呼ばないで——ああもう」

ヘリの舞い上げる風で奈緒瀬は髪を乱して、不快そうにぼやいた。

「ここのことを白状した、その組織の人間とやらは——スパイから洩れてきた情報だった、って言っているんでしょう？」

「はい。アダプタがどうした、という要領を得ないものでしたが」

「適当なことを言っているだけ、って線も捨てきれないのよね——その組織とやらも解体されちゃった訳だし」

「東澱の末端で、破産した企業の債務処理をしていたら出てきた情報ですからね——ですからやっぱり、お嬢様が来ることもなかったのでは」

「ペイパーカットに関わることは、すべてわたくしが自ら処理します——お爺様にそう言いつけられているのですから、当然です」

奈緒瀬は髪を帽子に押し込めながら言って、それから部下の方を向いて、

「だから、お嬢様って呼ばないで」

と繰り返した。部下は頭を下げて、

「失礼しました、代表」

と訂正した。

「とにかく、サーカム財団が隠れてこそこそと何かをやっていたということは、ペイパーカットに絡んだことである可能性が高いわ」

「引き上げてから最低でも一年は経っていることになりますが——」

「もう何も残っていないかもね……でも、念のためだわ」

奈緒瀬は島の奥へと歩いていった。ロケーションだけ見ると、金持ちのお嬢様が新しい別荘の建設地を物色しているようである。彼女たちはかつて建築物があったと思《おぼ》しき凸凹のある場所に来た。

「この地面の色は火災ですね——焼き払ったんですよ」

「徹底的に証拠を破壊、ってことか……ますます気になるわね……」

彼女がぶらぶらと歩いていると、地面にきらきらと何かが光っているのを見つけた。なんだろう、と手を出しかけたところですぐに部下たちが止めて、彼らがそれに触れる。

「地面に何かが埋まっています。その端が出ているようです——」

言いながら部下は、手際よくそれを掘り起こした。それほど大きなものではない。丸いガラス状のものが、フレームでつながっている——眼鏡だ。色は黒い。ひしゃげて破壊されていて、そこから指紋などを採るのは不可能だろう。

「サングラス——?」

奈緒瀬は眉をひそめた。

（まさか、あの人の物かしら――でもこんなタイプじゃないわよね）

物思いに耽《ふけ》ってしまいそうになるのを振り払い、彼女は視線を別の方に向ける。

「そっちにもなにか埋まっているわね――それも確認してみて」

部下たちはその指示が終わる前にもう作業に掛かっている。そこから出てきたのは、黒い焦げがあちこちについて、まだらになっているが、それでも木製の人形であるとわかった。突きだしていたであろう鼻が折れている。ピノキオのようだ。

「これはまた――ずいぶんと形がはっきりしているわね」

「軽いから、爆発したときに舞い上がって破壊を免《まぬが》れたのかも知れませんね」

「なるほど――でも、これがなんなのかはわからないわね」

奈緒瀬が呟くと、掘り出した部下が、

「こいつ自身に訊ければいいんですがね。だって嘘をついたら鼻が伸びるから、すぐにわかりますしね」

と冗談を言った。奈緒瀬は笑わずに、彼のことをじろりと睨みつけると、部下は、

「失礼しました」

とバツが悪そうに言った。その手の中で、人形はぷらぷらと揺れている――。

＊

……人形はこの二年前、いつとも知れぬときの、どことも知れぬ場所でなされている会話の、その光景の中にいる。

「これでおしまい、ね――私のやっていたことは、結局は行き止まりに突き当たるだけのことだったのね」

彼女がそう呟くと、彼女の前にいる銀色は、

「人間は皆、そう感じているのかな」

と訊いてきた。すると彼女は力なく微笑んで、

「あなたから見ると、そういう風に感じるのかしら。人間のやっていることは全部、無駄で無意味で、同じところをぐるぐる回っているだけの――なにかしら、人形？」

「人形は、結局は人間が自分の姿を似せて造ったものだろう――それに喩《たと》えるのは、風は空気みたい、というようなものだよ」

銀色の微笑みに、彼女も笑い返す。

「ほんとうね――ほんとうにそうだわ」

「君は、自分が何に似ていると思う？」

「さあね――見当もつかないわ」

「人は、自分のことだけはわからない、か。他人だったらいくらでも分析できるのに。それが正解かどうかは別として」

「わかったふりをしているだけかもね――誰も彼も、互いに知ったかぶりをしているだけで、大切なところには近づくことさえできないんだわ――私みたいに」

彼女はここで、銀色のことを正面から見つめた。その瞳の向こうに何が見えているのか、どんな姿をしているのか――それは彼女以外の誰にもわからない永遠の謎として、消えていく。

「ひとつ訊いていいかしら――私は、私の生命と同じだけの価値のあるものを、自分で知ることができるの？」

彼女の問いに、銀色は不思議そうな顔をして、

「君はもう知っているんだ――そうでなければ、私は君の前には現れないのだから」

と言った。

＊

第一便のヘリを皮切りに、高速艇などで次々と部隊が派遣されてきて、天翁島はにわかに慌《あわ》ただしい

空気に包まれていった。

「ではリンドバーグ所長、あなたに与えられていた権限の委譲《いじょう》はこれで終了です」

サーカムの幹部がそう告げて、辞令を渡すと、それまでLLという名前だった彼は、ふうう、と長い吐息をついた。

「あー、やっと解放されましたよ。ここはどうにも息苦しくて」

「実験結果の報告は、できる限り速《すみ》やかに行うように、とのことですから、気をつけてください」

「やれやれ、休みはなしですね。本部に直行しますか。あるいはデルタの方がいいかな」

「ここに保管されていた資料は直ちに輸送するようにという指示も出ています。マスターキィをお渡しください」

「了解です。ずいぶんと急に動くようですが、後任の所長に引継ぎはしなくていいんですか」

リンドバーグの問いに、幹部は少しだけ苦笑して、

「その必要はないんですよ、もう。新しい所長はいませんから――」

「え?」

「ここは閉鎖するように、という指令が正式に出ています。あなたが最後の所長です」

「ここはもう用済みですか……」

彼は少し絶句しながら、施設の方を振り返った。

大勢の職員たちでごった返している正面入口の付近で、ドクトル・ワイツが話しているのが見えた。少し疲れたような感じで、あれこれと詰問《きつもん》されるように話しかけられていて、うんうんとうなずいている。やがて彼女は施設の中に戻っていった。荷物を取りにいったのだろうか。

＊

「…………」

伊佐はひとり、島の縁に来て波打ち際を眺めていた。

まだ――何か腑《ふ》に落ちない感じが残っている。サーカムに知らされていないことはまだまだありそうだが、それだけではなく――自分自身が、何かを見落としている気がした。

（最初に見た幻覚――あれだけは、偽装でもなんでもなく、俺の心の中から引きずり出されていたということになるのか――）

〝今よ――今ならまだ、引き返すことができる。しかしこれより先に進もうとするなら、あなたはもう、二度と立ち止まることはできなくなる〟

あの〝彼女〟に言われた言葉――あれだけは、正真正銘の幻覚だった。まぼろしなのに本物というのもおかしな話だが、そうとしか言いようがない。

そして――どうやらその通りだった。

（俺は――）

彼の身体を、まだまだ強い風が揺らしている。そのおかげで眩暈はだいぶ薄らいでいる。

伊佐は視線を船着き場の方に向けた。大勢の人間たちがひっきりなしに作業している。その様子を眺めていたら、ふいに横から、

「ここは引き払われるそうですね――」

という声が掛けられた。振り向くと、そこに立っていたのはシェイディ役をしていた、あの少年だった。穏やかな微笑みを浮かべていて、この前の異様な雰囲気はすっかり消えている。

「ああ――らしいな」

「あなたは、これからどうするんですか？」

「どうもしない――変わらない。あんたたちの思惑通りだよ」

「というと？」

「ペイパーカットを追う。それだけだ」

「へえ――でも、腹が立たないんですか。ずっと騙

されていたのに」

「どうでもいいさ、もう」

「ずいぶんと悟っているんですね。人間ができている、ってところですか」

「そんなんじゃない――正直に言うと、俺はどこかで、あんたたちを馬鹿にして、哀れんでいるくらいだ」

「ほう」

「こんな島まで造って、すべてが無駄だ。目的に近づこうとして、かえって遠ざかっていた。大真面目な顔しているが、とんだマヌケばかりだよ」

「ははは」

「そういうあんたも、こんなこと言われて怒らないのか？」

伊佐に言われて、少年は肩をすくめて、

「いやあ、私もここにはそれほど縁はないので。呼ばれたから来ただけで、深い関係はないんです」

「なんだ、あんたは雇われの役者か」

「そんなところです」

少年はにこにこと微笑んでいる。

そう言えば――と伊佐は彼を見て思う。

（シェイディこと数寄屋玲二は、既に死んでいるところを発見されたと言っていたな――つまりこの少年が演じていたことに関しては、サーカムの研究資料がなかったことになる……では何に基づいて、あの奇妙な会話は作られていたんだろう――）

「ズレているって思うのは、変な期待を持っているからで、その期待に添わないものは、すべて見下している――」

そんなようなことを言っていた。あれは誰かが考えた言葉なのか。そもそもどういう意味なのか。

「あんたは――」

と伊佐が言いかけたところで、少年は、

「数寄屋玲二って、どんな人だったんでしょうね」

と逆に訊いてきた。

「殺人鬼、って話だけど――容疑が固まる前に死体で発見されたから、誰も彼がどんな人だったのか、正確なところは知らない。それで色々と推察して、凶悪なヤツをイメージしたり、神経質な病人と思ったり、人知を超えた化け物だったんだと恐れたり――どれが正しいんでしょうね」

「なんとも言えないな――だが殺人事件そのものは彼の犯行で間違いなかったんだろう？」

「だから何を考えて、殺していたか――それが人によって、受け取られ方が様々だった、ってことなんですよ。まるでその人の心の中を映《うつ》しているみたいに」

「じゃあ、あんたのアレは誰のイメージだったんだ？　やはり楪沢尚美さんが考えたのか」

「どうでしょうか――なんとなく、みんなで、という気がしますが」

「みんな？」

「このオーロード事件に関わった人すべてが、殺人鬼というのはこんな悪意に満ちたヤツだろう、とぼんやりと思っていて、それが寄せ集まって、あのイメージになったんじゃないか。それであういう風に見えていたんじゃないか、って気がしますね。私は」

「……あんたは演じていただけか」

「私の本質とは関係ないですね――そもそも、それがなんなのか自分ではわからない。あなたはどうです、わかっていますか。自分が何者なのか？」

「俺は――」

「あなたには、シェイディはどんな風に映りました？　それがあなたの本質を突いているかも知れませんよ」

「――――」

言われて、伊佐はどうだったか思い出そうとした。だがはっきりしない。あのときはコスモスの言葉にばかり反応して、シェイディの印象が薄かった

——あえて言うならば、

「そうだな……さほど怖く感じなかった、かな」

そう呟くと、少年はうなずいて、

「なら、それがきっとあなたの本質ですよ。恐れを知らないんです」

「鈍くて馬鹿、ってことかな」

伊佐が笑うと、少年は微笑みを深くして、

「やっぱり人は、自分では自分のことはわからないんですね。いや——実に、興味深い」

と言った。

（……ん？）

伊佐が若干《じゃっかん》、眉をひそめかけたところで、二人の背後から近づいてくる足音があった。機械的に、完全に同じリズムを刻んでいるその足音は、振り向かなくても誰が来たのかわかった。

「ここにいましたね、伊佐俊一。あなたのことを呼んでいる人がいます」

馬鹿丁寧な口調で声を掛けてきたのは、もちろん千条雅人だった。

「誰が、だ？」

伊佐が顔を向けたときには、もう千条はすぐ側に立っていた。

「釘斗《くぎと》博士です」

「だから誰だ、そいつは」

「あなたも話は聞いていたでしょう。僕の新しい専任の担当者です」

千条の言葉に、伊佐はなんのことかわからなかった。

「何の話だ？」

「ですから、ドクトル・ワイツは僕の担当ではないので、専門の人間が別に必要だろうという話ですよ」

そう言えばそんなこともあったか……しかしあれは一連の芝居の中での話ではなかったのか。事実も微妙に混じっていたらしい。

「なんだ、色々とややこしいな——だが、なんでそんなヤツが俺を呼ぶんだ」

「さあ、それは知りません」

千条はまったく悪びれる様子もなく、首を横に振った。

「やれやれ――行かないとおまえは、いつまでも俺について回るんだろう?」

「それは、その通りです」

「わかったよ――行けばいいんだろう」

伊佐は杖をついて、施設の方に戻っていく。すると後ろから、

「あなたとは、きっとまた会うことになる気がしますよ――」

という声が聞こえた。あの少年の声のはずだったが、伊佐はそれが誰の声か、はっきりと認識できなかった。

振り向くと、もうそこには何も見えない。坂を下って向こうに行ってしまったのか――誰の姿もない。

「……………」

伊佐は釈然《しゃくぜん》としないものを感じつつも、千条に導かれてふたたび歩き出した。

＊

「いやあ、予想以上だ」

その亜麻色の髪と無精髭を生やした、輪郭《りんかく》がぼんやりとしている男はいきなり大きな声を出した。

「やはり無数の試算はひとつの実証に劣るか――相対性理論をいくらいじくっても、所詮《しょせん》はひとつの核分裂の前に小賢《こざか》しい知性など消し飛ぶな」

いきなり訳のわからないことを喚《わめ》かれて、伊佐は顔をしかめた。釘斗博士はそんな彼の態度にはまったくおかまいなしで、ずかずかと近寄ってきて、肩を無遠慮にぱんぱんと叩いた。

「素晴らしいぞ。稀《まれ》に見る貴重な存在だ。いやあ惚れた。惚れたよ。いや決めたよ私は。正直今の今ま

でサーカム関係のことなどまったくやる気がしなかったが――これから君の主治医は私だ」

一方的に宣言された。伊佐はますます不審そうな表情になり、

「なんなんだ、あんたは？」

そう訊ねると、博士ではなく千条が、

「ですから、釘斗博士です」

「名前じゃなくて――何者なんだよ？」

「彼の専門は多岐《たき》に亘《わた》っていて、どれと特定するのが困難ですが、博士号を所持している数だけで分類するならば、医学博士、ということにはなると思います」

「いや最高だな、君は。伊佐俊一。まさに捨てる神あれば拾う神ありだ。いやあ助かった」

何に興奮しているのかまったくわからない。釘斗博士は満足そうに何度も何度もうなずいている。

「俺が、あんたの何を助けたんだ？」

「退屈から救ってくれるんだよ、これから。君を研究するだけで人生をかなり消費できそうだ。格好の対象だ」

「暇つぶしかよ、俺は」

うんざりして首を振ると、博士は、

「まあ、そうふてくされるな。今までサーカムの馬鹿な連中に囲まれてうんざりしていたのはわかるが、私は連中とは違うから安心しろ」

「残念ながら、不信感は強いんでね――」

と伊佐が言いかけたところで、博士は急に千条に、

「照明を消せ」

と命じた。部屋の明かりが消されて、暗くなる。伊佐が「？」と眼を丸くしたところで、博士は伊佐のサングラスを外してしまった。薄明かりの中でしばしそれを見て、ふん、と鼻を鳴らして、

「とんだ不良品をあてがわれていたものだな。だから凡人は困る」

と、それを後ろに投げ捨ててしまった。

「おい――」

「これを掛けてみろ」

文句を言おうとした伊佐に、博士は新しいサングラスを差し出してきた。それは今までのものよりもだいぶ小振りで、しかも色も薄いものが付いているだけだ。もう黒眼鏡とは呼べない。

「これは？」

「特製品だ――まあいいから」

言われたとおりに、一応掛けてみる。千条がそのタイミングで照明をふたたび灯《とも》す。

伊佐は顔を上げて、前を見た。博士の顔が見える。それほど視界は変わっていないような気がして――しかし、次の瞬間にぎょっとなる。

「？」

思わず足元を見る。そして振り向く。両腕を振り回す。身体が軽く、動く――。

眩暈が消えていた。

「な、なんだこりゃ――？」

伊佐は杖を離した。床に倒れていくそれを、その途中で身を屈めて、ぱっ、と摑むこともできる。博士はニヤニヤ笑いながら、

「もう要らないだろう、そいつは」

と杖を彼から受け取った。伊佐はまだ戸惑っている。

「どうして？　ずっと治らなかったのに――」

新しい眼鏡に手を当てる。これのおかげなのか？でもどうして眩暈が眼鏡で治るのだろうか。

「君のカルテは見せてもらったが――今までの医師たちはそろって視力の低下と平衡感覚の失調を逆に考えていた。脳の異常があって、視力も低下した、と――しかし君の細《こま》かい症状を見て、私にはすぐにピンと来た。君の悪いところの最先端はあくまでも眼であって、脳はその刺激を受けているに過ぎない、と」

「――」

「君の眼は、見えないものを無理に見ようとして、

常に力《りき》んでいるような状態なんだよ。それで視界が歪む――するとその視覚情報を処理しようとして脳にも負担がかかり、そして平衡感覚の方も歪む。だから嵐の中のような、まともにものが見えないで視界が歪んでいるような状態のときは、その負担が減るからまともに戻っていたんだ。なら話は簡単だ。君は特殊ではあるが〝乱視〟だ。その専用の眼鏡を用意してやればいい。視界を正しく補正してやれば、脳にも負荷が掛からなくなる訳だ」

「――――」

「君の視力や角膜《かくまく》の状態そのものはもうデータが取られていたからな。それに合わせて眼鏡も作ったんだ。もっとも私が細かく調べてのものではなく、あくまで仮段階だから、調整すればもっと具合は良くなるぞ」

「――いや、これでも充分だ」

伊佐は、しっかりと地面を踏みしめていてびくともしない自分の足を茫然と見つめていた。

「信じられない――正直、もうあきらめかけていたんだが……」

「それは想定外ですね」

千条がふいに口を挟んできた。

「あなたはどんなときでも能動的に事態にあたる人物かと判定していたのですが」

その無感動な声に、釘斗博士が唇を少し尖《とが》らせて、

「うーむ、どうもまだ言葉の選択がおかしいな。想定外、とかいう言葉は適切さを欠くな。それに能動的という表現も微妙だ」

と言うと、千条は首を傾げて、

「データ不足です」

と言った。

「容量はまだ充分すぎるほどあるはずだから、処理能力ではないな。要は経験不足ということだな」

彼らが互いにしか通じない話をしていると、サーカムの本部職員がやって来て、

「博士、搬送を指示されたＶＩＰの遺体なんですが、数が書類と合わないのですが――」

と質問してきた。

「ん？　何の話だ？　足りないのか」

「いや、その逆で――一体多いんですよ。本部から指示された数よりも」

「どっかから紛れていたってのか？」

釘斗博士は伊佐の方を向いた。そこで博士の眉がひそめられる。

「――――」

伊佐の顔色が蒼白になっていた。唇が半開きになり、小刻みに震えだしていた。

「ＶＩＰは――」

伊佐は震える声で、その職員に尋ねる。

「この島で研究されていたＶＩＰの人数は、サーカム本部の方でも七人だったのか？」

さっき船で来たばかりの職員は書類に眼を落として、

「いや、あなたも含めて六人で、だからその遺体は五人分しかなかったはずですが――」

その言葉の途中で、伊佐はもう走り出していた。

彼がかつて通った道を――その途中で島の職員と出会して、

「ドクトルは――楪沢尚美はどこだ！」

と怒鳴った。相手はびっくりしたが、

「ドクトル・ワイツなら、さっき研究室の方に戻られましたが――」

と答えた。伊佐は眩暈から治ったばかりの身体で、全速力で部屋の前まで走っていった。

ドアに手を掛ける。開かない。激しくノックする。

「おい！　尚美さん！　おい！」

返事がない。強引にドアを開けようと揺さぶるが、びくともしない。強引に蹴破るしかない、と思ったところで、

「手伝いましょう」

という千条の声が聞こえたかと思うと、もうその長身の身体が廊下を走ってきた勢いをそのまま維持して、ドアに正面から突撃していた。

ロックが吹っ飛んで、ドアは開いた。

駆け込んだ伊佐と千条の前にいたのは——もう動かなくなっている楪沢尚美だった。

だらり——と全身から力が抜けて、椅子の上から床に半分落ちていた。放り出された人形のようだった。

それを伊佐が見るのは、二度目だった。

表情がなく、緊張がなく、意思がなく、動作がなく、視線がなく——生命がなくなっていた。

いっさいの外傷も痕跡もなく、ただ——人が死んでいる。

「…………！」

伊佐は気づいた……研究室の壁から、それがなくなっていた。

血で描かれた〝O〟の字が、綺麗に消えてしまっていた。

盗まれていた。

「いったいこれは、なにごと——」

集まってきた人々の中の、誰かが言った。伊佐は震えながら、

「本物だった——」

と呻いた。

「あの予告状——やはり本物だった……彼女のところに、この実験を始める前に、既に届いていた——」

伊佐の中で、論理がやっと一本線でつながった。

彼のことを騙して、様子を観察するにしても、自分まで死んだふりをする必要はなかった——ドクトル・ワイツの影武者を既に立てているのだから。

彼女には、実験とは別に、自分を死んだように見せかける必要があったのだ。

誰に対して？

何のために？

せめてもの——弱々しい抵抗として。

それを受け取っても、死ななくてもすむのではないかという、儚《はかな》い希望。

だがこの計画を進行させようとしたそのときには、もうそいつは紛れ込んでいたのだ。

どうして数寄屋玲二を、過去を偽装してまでこの件に割り込ませる必要があったのか。

なかったのだ。

そんなものはなかった——必要も理由も道理も何もなかったのだ。

気がついたら、誰もがそれが混ざっていることに違和感を覚えなかった。いるのが当然だと、そう思いこんでいた。

外の世界では六人しかいなかったＶＩＰが、この島の中でだけ一人増えていた、その理由——。

〝このオーロード事件に関わった人すべてがぼんやりと思っていて、それでああいう風に見えていたんじゃないか、って気がしますね。私は——〟

ずっとそいつは、この〈アルバトロス〉で皆が悪戦苦闘しているのを眺めていたのだ……いたような、いないような、存在感のあいまいなままに——。

「————っ」

伊佐は動かない尚美を凝視した。ほとんど睨みつけるように。だが当然のことながら彼女からはなんの反応もない。

もう怒りもしないし、不安になることもない——何もない。

「あきらめた——のか……尚美さん」

伊佐の噛み締められた奥歯の隙間《すきま》から声が漏れた。

だがすぐに彼は振り返って、ふたたび駆け出していた。船着き場の方に向かって走り出す。

もう既に船はいくつか出港してしまっただろうが

――それでも船の中に紛れているのであれば、それは閉じこめていることにもなる。港で押さえればいい。ヘリに乗れば先回りもできるだろう。船長に連絡を取って不審な人物を見つけられるかも知れないし、打つべき手は多く存在している。

まだ、あきらめるには早い――捕まえる絶好の機会を逃してはならない！

＊

伊佐が走り去ってしまった後に残された千条は、行動に逡巡《しゆんじゆん》していたようだったが、そこに釘斗博士がやってきて、

「行け、おまえも――彼についていくんだ」

と命じた。

「いいのですか？」

「それが最善だと、もう計算はすんでいるんだろう。行動の自由を許可する」

「了解しました」

千条は言うやいなや、伊佐の後を追って走り出した。

その後ろ姿を見送っていた釘斗博士のところに、サーカムの幹部がやってきて、

「どうするんだ――対応策はあるのか？」

と不安そうに訊いた。博士はふん、と鼻を鳴らして、

「私だったら、今すぐに専門家に全権を委譲するがね――貴重な経験者に」

と言った。幹部は眼を剝いて、

「伊佐俊一に――か？　しかし……いや、そうか――」

「他に有効な手を打てるのか、おまえたちに？」

「やむを得ないか――だがこの施設はどうする？　撤収することにはなっていたが、こうなると……」

「いや、逆だろう」

釘斗博士のあっさりとした口調に、他の者たち

は、え、と口を丸く開けた。博士はしれっとした口調で、

「もう、これまでの研究の全部が役立たずだったと立証されたわけだから、すべてを廃棄することになんのためらいもいらなくなった訳だろう。なにもかも、吹っ飛ばしてしまえばいい」

と言った。

ドアが開きっ放しの研究室の、デスクの上に置かれたままの人形は、ずっとその光のない眼球を人々に向けている……。

＊

……二時間後には、すべての船とヘリが島から離れていた。もしも誰かが残っていたとしたら、確実にその者を倒せるようにという目的で設置された爆薬が点火されて、巨大な火柱が天にも届くかとばかりに高々と噴き上がった。

だがそっちの方を見ている者は船上にはほとんどおらず、誰もが自分たちの行く先に気を揉んでいた。

嵐が去ったばかりの空は晴れていたが、その彼方は依然として暗く、どこかで鳴っている雷鳴が大気を震わせて響いてきた。

ねっとりと絡みつくような湿った風が吹いていた。それは血腥く、焦げ臭かった。

亡霊でも出てきそうな臭いだった。

"Remote Thinking of Cogito-Pinocchio" closed.

あとがき――先生、調子が悪いんですが

どうにも調子が悪いときに、あなたはどうするだろうか。何をやっても成果が上がらず、壁にがんがんぶつかってしまう――そんな状態のときに打開する方法はあるのだろうか。もちろん決定的な方法などあるとは思えない。そんなものがあったら誰も苦労しない。結局はどうにもならないまま、じっと耐えるしかない。いっそ全部放り出してしまうという選択もあるが、しかし普通はそんなことは無理である。ではどうするのかというと、実はどうにもならない。単にぶつかって、そこでおしまいである。世の中のほとんどのことはそうやって終わっている。だから問題となるのは壁にぶつかることそのものではなく、ぶつかった後にどうするのか、という話になる。

子供の頃は元気だった、と大抵《たいてい》の人は言うのだが、私の場合はあんまりそうでもなかった。体力もなかったし、気力も尽きがちだった。言ってみれば常に調子は悪かった。今も似たようなものだが、なんというかペース配分を覚えたので、無駄に消耗《しょうもう》することは少なくなった。いったいなんで昔はあんなにグッタリしていたのか、未《いま》だによくわからない

のだが、色々なことに怯《おび》えていたからではないかと思う。もっとも大人になって怖くなくなったのかというとそんなことはなく、逆に怯えすぎて麻痺《まひ》してしまったから、のような気もする。すべては錯覚で、調子のいいときなんて今まで一度もなかった、のかも……いやいや。

調子が悪いときには二種類ある。ひとつは限界でどうにもならないもの。そしてもうひとつがそれまでの無理がたたっていて、少し休息すれば調子そのものは以前のように回復するものである。これだとなんとかなりそうな気がするが、しかし実際のところ、よりタチが悪いのは後者の方のような気がする。というのは壁に当たるぐらいだから状況そのものは変化しているのである。それで昔の調子が戻ったところで、それはもう現状からはピントがずれてしまっている。度の合わない眼鏡を掛け続けているようなもので、視力はますます悪化していく。調子が悪いのがごく短期間だったらそれほど状況も変わっていないからなんとか間に合うこともあるかも知れないが、人が「どうも調子が悪いな」と感じるときって大抵かなり慢性化した後なので、まず手遅れである。ではどうすればいいのか。答えはないのか。

調子は戻らず、壁に囲まれてどうにもならず、どこにも行き場がなくなってしまったら我々はどうすればいいのだろう。それでも希望はあると意味もなく信じ込むか、それともどうせどうにもならないと投げやりになってしまうか——なんか今の世の中ってこういうふたつの極端に引き裂かれていて、その間が全然なくなっているような気がする。希望には根拠がなく、絶望にも力がない。調子が悪くなったままでいて、そのことを深く嘆《なげ》くこともないが、といって壁にぶつかっていることを認めることもしない——なんとも中途半端な状態でいるような。

おそらく、残念ながら——というしかないのだろう。悪くなってしまった調子は戻らない。戻ったとしても手遅れなのだからどうせ意味もない。周囲も壁に囲まれていてどこにも行けない。となると残念ながら、残されている方法はひとつしかない。かつて自分に存在していたというその「調子の良さ」を忘れて、積み上げてきたものを捨てて一からやり直して、目の前に聳《そび》えている壁をなんとか乗り越えるなり迂回《うかい》するなりして、当面の対策を探す——それしか道は残っていない。今の世の中はあまりにも以前に「もう壁に当たったから」といって調子が悪くなったまま放置されていることが多すぎるので、その投げやりになっている絶望をどうにかひとつずつ取り除いていかないとまったく動かなくなってしまっている。どこかで何かを思い切っていかなければならないのだが、そのときにはきっと「調子が悪いから」といっていられない局面がある。もう調子が悪かろうがなんだろうが、とにかく突き進まなければならない段階がどこかにある。だがそれはやっぱり無理をしているので、その反動で後でもっとぐったりすることになるが、そのへんはもう

「しょうがない」と諦《あきら》めるしかないのだろう。そこから回復していくところで、やっと我々は「一からやり直す」余裕を得られるのではないだろうか。今は調子が悪い。だから逆に突っ走らなければならない——成果が上がらないことは覚悟の上で。

とある有名スポーツ選手が「不調のときにどうしますか」と訊《き》かれて「ふつうの調子のときの、やや成績が悪いくらいの時期のビデオで自分のフォームを確認する」と答えているのを読んだことがあるが、これは絶好調のときなんか参考にならないからだそうだ。不調のときは「うまくいっているとき」のイメージなど足を引っ張るだけで全然、修正の役には立たないんだそうである。まあ天才はそうやって修正もできるが、我々はそうもいかないので、やっぱり理想的な姿を想像しつつもそれに近づけずにイライラし続けることにはなるのだろう。強引にやるけどあまり期待はせず、成果が上がらないけどフテ腐れもしないようにする——そんなことが本当に可能なのかどうか、考えただけでくらくらと眩暈《めまい》がしてきたところでこの文章もそろそろ結末である。これは調子の問題じゃなくてただの限界なので、単純に終わりです。以上。

(でも調子が出ないんだ、って言い訳の常套句《じょうとうく》でもあるよね)
(この文章も言い訳くさいしねえ……)

BGM "DOCTOR, DOCTOR" by The Who

上遠野浩平　著作リスト（２０１２年10月現在）

1 ブギーポップは笑わない　電撃文庫（メディアワークス　１９９８年２月）
2 ブギーポップ・リターンズVSイマジネーター　PART1　電撃文庫（メディアワークス　１９９８年８月）
3 ブギーポップ・リターンズVSイマジネーター　PART2　電撃文庫（メディアワークス　１９９８年８月）
4 ブギーポップ・イン・ザ・ミラー「パンドラ」　電撃文庫（メディアワークス　１９９８年12月）
5 ブギーポップ・オーバードライブ歪曲王　電撃文庫（メディアワークス　１９９９年２月）
6 夜明けのブギーポップ　電撃文庫（メディアワークス　１９９９年５月）
7 ブギーポップ・ミッシング ペパーミントの魔術師　電撃文庫（メディアワークス　１９９９年８月）
8 ブギーポップ・カウントダウン エンブリオ浸蝕　電撃文庫（メディアワークス　１９９９年12月）
9 ブギーポップ・ウィキッド エンブリオ炎生　電撃文庫（メディアワークス　２０００年２月）
10 殺竜事件　講談社ノベルス（講談社　２０００年６月）
11 ぼくらは虚空に夜を視る　徳間デュアル文庫（徳間書店　２０００年８月）星海社文庫
12 冥王と獣のダンス　電撃文庫（メディアワークス　２０００年８月）
13 ブギーポップ・パラドックス ハートレス・レッド　電撃文庫（メディアワークス　２００１年２月）
14 紫骸城事件　講談社ノベルス（講談社　２００１年６月）
15 わたしは虚夢を月に聴く　徳間デュアル文庫（徳間書店　２００１年８月）
16 ブギーポップ・アンバランス ホーリィ&ゴースト　電撃文庫（メディアワークス　２００１年９月）

17ビートのディシプリン　SIDE1　電撃文庫（メディアワークス　2002年3月）
18あなたは虚人と星に舞う　徳間デュアル文庫（徳間書店　2002年9月）
19海賊島事件　講談社ノベルス（講談社　2002年12月）
20ブギーポップ・スタッカート　ジンクス・ショップへようこそ　電撃文庫（メディアワークス　2003年3月）
21しずるさんと偏屈な死者たち　富士見ミステリー文庫（富士見書房　2003年6月）
22ビートのディシプリン　SIDE2　電撃文庫（メディアワークス　2003年8月）
23機械仕掛けの蛇奇使い　電撃文庫（メディアワークス　2004年4月）
24ソウルドロップの幽体研究　祥伝社ノン・ノベル（祥伝社　2004年8月）
25ビートのディシプリン　SIDE3　電撃文庫（メディアワークス　2004年9月）
26しずるさんと底無し密室たち　富士見ミステリー文庫（富士見書房　2004年12月）
27禁涙境事件　講談社ノベルス（講談社　2005年1月）
28ブギーポップ・バウンディング　ロスト・メビウス　電撃文庫（メディアワークス　2005年4月）
29ビートのディシプリン　SIDE4　電撃文庫（メディアワークス　2005年8月）
30メモリアノイズの流転現象　祥伝社ノン・ノベル（祥伝社　2005年10月）
31ブギーポップ・イントレランス　オルフェの方舟　電撃文庫（メディアワークス　2006年4月）
32メイズプリズンの迷宮回帰　祥伝社ノン・ノベル（祥伝社　2006年10月）
33しずるさんと無言の姫君たち　富士見ミステリー文庫（富士見書房　2006年12月）
34酸素は鏡に映らない　講談社ミステリーランド（講談社　2007年3月）講談社ノベルス

35ブギーポップ・クエスチョン　沈黙ピラミッド　電撃文庫（メディアワークス　2008年1月）
36トポロシャドゥの喪失証明　祥伝社ノン・ノベル（祥伝社　2008年2月）
37ヴァルプルギスの後悔　Fire1　電撃文庫（アスキー・メディアワークス　2008年8月）
38残酷号事件　講談社ノベルス（講談社　2009年3月）
39ヴァルプルギスの後悔　Fire2　電撃文庫（アスキー・メディアワークス　2009年8月）
40騎士は恋情の血を流す（富士見書房　2009年8月）
41ブギーポップ・ダークリー　化け猫とめまいのスキャット　電撃文庫（アスキー・メディアワークス　2009年12月）
42クリプトマスクの擬死工作　祥伝社ノン・ノベル（祥伝社　2010年2月）
43ヴァルプルギスの後悔　Fire3　電撃文庫（アスキー・メディアワークス　2010年8月）
44私と悪魔の100の問答　講談社100周年書き下ろし（講談社　2010年10月）
45ブギーポップ・アンノウン　壊れかけのムーンライト　電撃文庫（アスキー・メディアワークス　2011年1月）
46アウトギャップの無限試算　祥伝社ノン・ノベル（祥伝社　2011年8月）
47恥知らずのパープルヘイズ　―ジョジョの奇妙な冒険より―　集英社（集英社　2011年9月）
48ヴァルプルギスの後悔　Fire4　電撃文庫（アスキー・メディアワークス　2011年12月）
49戦車のような彼女たち　講談社（講談社　2012年7月）
50コギトピノキオの遠隔思考　祥伝社ノン・ノベル（祥伝社　2012年12月）

カレル・チャペックの引用は千野栄一訳（岩波文庫刊）に基づきました。

——作者

ノン・ノベル百字書評

キリトリ線

なぜ本書をお買いになりましたか(新聞、雑誌名を記入するか、あるいは○をつけてください)

- □ (　　　　　　　　　　)の広告を見て
- □ (　　　　　　　　　　)の書評を見て
- □ 知人のすすめで
- □ タイトルに惹かれて
- □ カバーがよかったから
- □ 内容が面白そうだから
- □ 好きな作家だから
- □ 好きな分野の本だから

いつもどんな本を好んで読まれますか(あてはまるものに○をつけてください)

●**小説**　推理　伝奇　アクション　官能　冒険　ユーモア　時代・歴史　恋愛　ホラー　その他(具体的に　　　　　　　　)

●**小説以外**　エッセイ　手記　実用書　評伝　ビジネス書　歴史読物　ルポ　その他(具体的に　　　　　　　　)

その他この本についてご意見がありましたらお書きください

最近、印象に残った本をお書きください			ノン・ノベルで読みたい作家をお書きください		
1カ月に何冊本を読みますか	冊	1カ月に本代をいくら使いますか	円	よく読む雑誌は何ですか	
住所					
氏名		職業		年齢	

あなたにお願い

この本をお読みになって、どんな感想をお持ちでしょうか。

この「百字書評」とアンケートを私までいただけたらありがたく存じます。個人名を識別できない形で処理したうえで、今後の企画の参考にさせていただくほか、作者に提供することがあります。

あなたの「百字書評」は新聞・雑誌などを通じて紹介させていただくことがあります。その場合はお礼として、特製図書カードを差しあげます。

前ページの原稿用紙(コピーしたものでも構いません)に書評をお書きのうえ、このページを切り取り、左記へお送りください。祥伝社ホームページからも書き込めます。

〒一〇一―八七〇一
東京都千代田区神田神保町三―三
祥伝社
NON NOVEL編集長　保坂智宏
☎〇三(三二六五)二〇八〇
http://www.shodensha.co.jp/